新语文名家散文精选
谭曙方 主编

苹果与女人

韩振远 著

山西出版传媒集团
北岳文艺出版社
BEIYUE LITERATURE & ART PUBLISHING HOUSE
·太原·

图书在版编目(CIP)数据

苹果与女人 / 韩振远著 . —太原:北岳文艺出版社,2021.8

(新语文名家散文精选 / 谭曙方主编)

ISBN 978-7-5378-6163-2

Ⅰ.①苹⋯ Ⅱ.①韩⋯ Ⅲ.①散文集—中国—当代 Ⅳ.①I267

中国版本图书馆CIP数据核字(2020)第118689号

苹果与女人

韩振远 著

//

出 品 人
郭文礼

策 划
续小强 赵 婷

责任编辑
范 戈

封面设计
萨福书衣坊

封面绘图
南塘秋

印装监制
郭 勇

出版发行:山西出版传媒集团·北岳文艺出版社

地址:山西省太原市并州南路57号

邮编:030012

电话:0351-5628696(发行部) 0351-5628688(总编室)

传真:0351-5628680

经销商:新华书店

印刷装订:山西人民印刷有限责任公司

开本:787mm×1092mm 1/16

字数:176千字 印张:14

版次:2021年8月第1版

印次:2021年8月山西第1次印刷

书号:ISBN 978-7-5378-6163-2

定价:39.80元

本书版权为本社独家所有,未经本社同意不得转载、摘编或复制

序

杜学文

随着时间的变化,人从幼儿走向童年、少年。对于生命来说,这也许是一些最纯真、最富于诗意的时光。有家的呵护,有不断发现的新奇世界,有无限的可能性;还不会也不需要掩饰自己,不会也不需要考虑如何才能适应别人、适应社会。也许,从生命的成长过程来看,这是一个还不能也不需要承担责任的时刻,是一个不识愁滋味的时刻,是一个可以任性地放飞自己的时刻。当然,也是一个在潜移默化中被生活影响,并奠定自己未来走向基因的时刻。有很多的想象,很多的希望,很多的选择……但是,随着成长,这些"很多"变得越来越少,甚至成为不得不的唯一。这种想象的力量也许会对人的一生产生极为重要的影响。在很多时候,特别是对于成年人来说,想象似乎是虚幻的,非现实的,甚至是无意义的。但对于人整体来说,失去了想象力却是可怕的。如果这样的话,人们就只能匍匐在地面,而失去了星空,失去了更广阔、更丰富、更多姿多彩的世界——未来的可能性、现实的创造力、内心世界的感悟力,以及对幸福的体验与追求。所以,在人的生活中,除了现实存在之外,仍然需要保有提升情感体悟、净化精神世界、培养想象能力的生活方式。在很多时候,我们需要依靠艺术——当然也包括文学在内来实现这种想象。文学,不仅仅是表现生活的，也是想象生活的——建立在现实生活的基础之上，对未知世界与未来生活的理想构建。这种想象力的培养，也许在人的童年与少年时代更为重要。

实际上，每个人都在想象中成长、变化。在成人的世界里，这种想象越来越被现实生活所规定、制约。当一个人成为学生的时候，非学生的生活就不存在了。他必须在学生的前提下选择未来。但选择了通过读书来改变人生的时候，非读书的可能性也不存在了。尽管选择是对现实利弊的权衡，但仍然是对未来可能性的想象。当然，想象并不局限在这样的选择之中，人还有很多非现实的想象——对艺术世界的虚构，以及对不可知世界的精神性营造等等。前者可能会更多地影响人的情感，而后者则更多地影响人的创造。

事实上，每一个人在其幼年时期都会有想象的努力——自觉的与不自觉的。以我自己的经历言，曾经想象时间的停滞，希望知道时间停滞之后会发生什么。结果是时间并没有停滞，停滞的只是自己的某种状态。在我家乡村外的山脚下，有一条河。河中一个很小的瀑布下聚满了水。那水是深绿的，有点深不见底的感觉。我们那里把这样的地方称为"龙潭"，就是河中水很深的坑。旁边有一个石头垒起来的磨坊，里面有一座水磨——利用瀑布的落差来推动石磨。大人们说，这龙潭很深，一直能通到海底的龙王爷那里。我不太理解如何从太行山的地底通往大海，也不知道假若到了大海会怎么样，但却希望能够有一条龙带着我去看看大海。这大海与龙宫就成为幼年的我对未知世界的想象。

人的想象力当然是建立在社会生活之上的。如果没有听过大人们讲龙王的故事，就不可能去想象龙宫的景象。这种社会生活也隐含了人的价值判断与情感选择。当人们在其成长的幼年时代，能够更多地接受积极健康的价值观，接受良好的情感表达及其方式，其想象力将向着更美好、完善、向上的方向发展。人会在无意识中选择那种积极的表现方式。这也许会影响人的一生。就是说，在人成长的初期，想象力及其表现方式是非常重要的。

也许人们意识到了这种重要性，出现了很多希望能够满足童年或者少年人群精神需求的活动。游戏、体育、劳动、阅读，以及相关的艺术活动，包括文学阅读与创作活动。据说那些非常著名的作家往往会写一些少儿作品。而那些儿童文学作家则被认为是"最干净"的职业人群。正是他们，在那些如白纸一般的人心中绘画。他们使用的颜色、图案、创意将深刻地影响人的未来。而人们总是希望自己的未来将更为美好。

从这样的角度来看，北岳文艺出版社策划出版一套《新语文名家散文精选》就有了非常特殊的意义。这并不是一般的作家散文创作结集，而是有明确的目的指向——为那些正在成长的读书人提供可资参考的读本——它主要不是为了体现作家在艺术领域的探索创新，不是为了研究某个创作领域的来龙去脉，也不是为了让人们获得知识——当然我们也不能排除这样的功能。但无论如何，其核心目的是要为培养孩子们的想象力、审美能力提供一些看起来感到亲切的范文。至少会使读书的同学们能够在写作上有所参照。这是很有意义的。

从体例设计来看，也非常有效地体现了这种目的。这套书选择了十一位作家的散文作品。他们分别生活工作在山西的十一个地级市，有某种地域意味在内，也会强化读者"在身边"的认同。这些作家，大部分我都有接触，基本上了解他们的创作情况。其中有成果颇丰的老一辈作家，也有风头正健的中青年作家。他们的文学贡献也主要体现在散文领域。这对读者的阅读来说有很强的针对性。在每一篇作品的后面，还邀请各地从事教学的名师进行点评，以帮助读者更好地进入作品的艺术情境之中，领略作品的艺术特色，以及文中表露出来的情感状态、价值选择。这是非常好的设计。同时，还邀请相关的专家对每一位作者的作品进行比较专业的综合性论述，便于读者从全书的整体来把握作品。这些作品主要集中在"情"上——故乡之情、父母亲情、友情爱情、事业之情等等。其中一些堪称范文。当然也有一些知识性、研究性与介绍性的作品，亦可丰富拓展读者的视野、心胸。通过这些作品，我们不仅会感受到不同时期人们的生活状态、情感状态，还可以理解作家们表达情感、进行描写的艺术手法，既有助于同学们想象力、创造力的提升，亦有助于同学们写作能力的提高。

　　人的生活状态至少有两个方面。一是显性的、可见的。比如学习成绩、创作成就、劳动收获等等。但还有另一种是隐性的、不可见的。如你会因为学习成绩提高而感到高兴、欣慰；会因为自己的作品受到读者喜爱而增强了创作的动力；秋天收获的时候，会因为这一年风调雨顺有了好收成而感到欣喜，增强了过好日子的信心等等。也可能因为这些，你会更努力地工作学习，更尊重别人的劳动付出，更希望自己做一个好人、优秀的人。相对来说，那些显性的、可见的生活状态往往受到人们的重视，因为其直观，有功利性。但也许那些隐性的、不可见的生活状态对人的成长、完善，以及激发内在动力与想象力、创造力更加重要。它们虽然看不到、摸不着，似有若无，但往往决定了人的情趣、视野、眼界、胸怀，以及精神状态、价值选择与审美能力。正因为这些东西的存在，使你能够更好地面对社会、人生，正确地选择自己的道路、方法，感受到生活的美好、幸福，并保有追求更美好未来的力量与信心。这样来看，这套书意义重大。我真诚地希望大家能够喜欢，也希望有更多的适应同学们阅读的好书面世。

2021年3月21日于晋阳

（杜学文，山西省作家协会主席，著名文学评论家）

目录

第一辑　苹果园里

003　苹果与女人
015　给苹果套袋的女人
020　风雪打工汉
026　艳妆苹果
034　夜还不够深
041　少女歌唱
045　漂亮苹果
048　苹果的滋味
053　做一只苹果

第二辑　少女故事

059　将军故居旁的女孩
063　山里的孩子放学了
067　古堡里的女孩
072　城墙上的女孩

076　拨浪鼓响起来
080　你的童年怎么这么长
089　带女孩去打工

第三辑　少妇心思

099　拯救打工妹
106　马氏女
112　凭什么高傲
115　我那挨刀货
123　我这人恨活
129　娘家人
137　小媳妇
141　全乎人

第四辑
女性烦恼

149　女人天胆

155　大　妈

159　红盖头

163　绣　楼

169　刺　绣

174　晋商四楼

196　婚嫁何处

202　以神性的温情，关注芸芸众生的日常
　　　——读韩振远散文集《苹果与女人》
　　　　　　　　　　　　　　/ 李云峰

苹果与女人

第一辑

苹果园里

我站在果树间
望着那一大堆苹果
感到一身轻松
秋高气爽
天蓝蓝的
空气中飘散着浓郁的果香味
我有些陶醉了
像所有的果农一样享受到了收获的喜悦

苹果与女人

苹果成熟了,所有的人都开始为苹果忙碌,再也容不得我躲在书房里悠闲地读书写字。那些天,我要做的事,就是赶快找些人来,帮我把苹果从树上摘下,然后分类、装箱。我没想到平时处处人满为患,到了苹果收获时节,人竟会那么难找。一连几天,我所做的事只有一件,就是心急火燎地四处找人。不知跑了多少腿,打了多少电话,托了多少朋友,费了多少口舌,到第三天,总算凑起了一班人。

那三天,我的苹果已经等不及了,红彤彤的,一天比一天娇艳,成熟得像无数春情荡漾的女子,性急的已经开始离开枝头,去找自己的去处。在果园里走一遭,到处能听见沉闷的苹果落地声。那声音,除了一次次地证明牛顿定理的正确外,剩下的就是增加我的焦虑。这下好了,我和我的苹果都不必再着急。一群人进了果园,苹果被一个个摘下来,又被一筐筐担出去,堆在地头的衰草中。被摘去果实的树,像终于分娩了的女人,一身疲惫又掩不住一脸幸福,它们做完了自己的事,剩下的就是好好休养上一冬天,到明年春天再为我生出新的果实。

我站在果树间,望着那一大堆苹果,感到一身轻松。秋高气爽,天蓝蓝的,空气中飘散着浓郁的果香味,我有些陶醉了,像所有的果农一样享受到了收获的喜悦。只是我还得忙,找到的人太少,我必须亲自干。

我和女人们一边干活,一边说笑,仅仅不到两个小时,就已经精疲力竭。我还想找更多的人。我不知道，就在我急着四处找人的时候，许多人也在急着找活干。地头的那一堆红彤彤的苹果就像募兵的旗帜一样，引起了许多人的注意，不到两天，就有许多人纷纷投至我的麾下。到了第三天，来找我干活的已有二十五人之众。更没想到这二十五人竟来自五个省份，有河南的、山东的、陕西的，还有东北的，当然最多的还是本地人。在这个杂凑起来的班子里，有五对夫妻，四对母子，三对姊妹，还有一对情人，说起话来，南腔北调，干起活来，各找各的人，一团一伙，倒也热闹。只是我，像率领着一支乌合之众的山大王，屡屡指挥失灵，弄出许多有趣的事来。

　　七天后，果园里空荡荡的，所有的事都结束了，我为他们付清了工钱，这些人一个个从我的视线中消失。等闲下来，再坐到书房里时，他们的音容笑貌又被我回想起来。

东北女人和她的山东丈夫

　　东北女人是从东边的小路上来的。太阳才露出头，朝霞火红，树上的苹果挂着露珠，一滴滴往下落。女人们叽叽喳喳，刚围着那一大堆苹果坐定，准备开始装箱，东北女人就出现了。在朝霞映照下娉娉婷婷地朝这边走。女人们静了下来，有人说："那是谁呀？"大家一起朝那边望。被踩得发白的小路上，一边是果实累累的苹果树，一边是长满萋草的水渠，一个女人轻盈地走着，不时朝两边望，突然像发现了什么，弯下腰，在草丛里找，等直起身，手里多了一把金灿灿的野菊花。旁边一个女人说："这女人倒悠闲。"

　　正说着，女人已经在我的苹果前站住了，斜靠在地头的一棵白杨树上，眼睛亮亮的，像在看风景。大家已经开始干活，飞快地把一个个苹果套上网袋，放进箱里，那女人仍在看，又像在寻找什么，一会

儿,目光捕捉到了我,声音甜甜地问我:"大哥,你这里还要人干活吗?"

这时,大家才知道她是个外地人,来找活干的。

我打量这女人,二十八九岁,瘦削的身材,穿着整齐,却是一脸的憔悴,头发也有些乱,看得出是个吃过苦的人。装苹果讲究精干熟练,对速度要求很高,我正缺人手,却对这女人心里没底,问:"你干过这活吗?"

女人咯咯笑,说:"俺还从没有见过这么多的苹果。"说着,不等我同意,竟自己拉过个纸箱干了起来。我正想阻拦,女人回过头,说:"大哥你放心,俺先试一晌,不要工钱。"

我不好再说什么,由她去。一开始,女人默默无语,干得小心翼翼,不停地望其他人的动作,装过几箱,就很熟练了。早晨收工时,女人好像心事重重,满脸疑云,我以为她还是在为我能不能留她发愁,没想到女人走到我面前,说:"大哥,俺刚来,还没落住脚,干完活,你可一定要按时给俺付工钱啊!"

我说:"我还没说要用你呢。"

女人一笑,说:"怎么会呢,我看大哥是好人,要不用,早让我走人了。"

我没想到这女人竟能这么准确地看透我的心思,她看出了我需要人,也看出了我决不会赶她走。等我答应了,女人并没有显得有多高兴,又提出了个要求:"俺还有个兄弟,让他和俺一块儿过来吗?"我说没问题,如果还有人,你尽管一起叫来。

到早上收工时,我请女人和大家一起回去吃饭,女人说:"我说过,这一晌是白干的。"

等大家吃过饭来到果园,女人和她的兄弟已经等在那里。小伙子看去很精干,白脸,大眼,中等个头,见了我,腼腆地笑笑,没一句话，很内向的样子。直到干活时，一开口，是山东口音。我本人也出生在山东，对山东人有一种本能的亲切感，问他是山东什么地方的，小伙子说是甄城的。我觉得奇怪，又问女人"你说话怎么不像山东人。"女人说："俺是东北人，长白山那疙瘩的。"我又问："那你兄弟怎么会是山东人？"女人羞涩地笑着说："他是俺那口子。"大家都很惊讶，感到这对夫妻怎么看也不般配。小伙子看上去那么年轻英俊，女人脸上已经有了沧桑感，老相，处事也老练。干活时，不断地关照小伙几句，透出几分亲昵。让人不由得想他们之间一定有过浪漫的故事。

东北女人性格开朗，很快就和所有的人都熟了。一上午，果园里不断听到她的东北话。女人们天生好奇心重，一个女人问她怎么老远嫁到山东时，东北女人一怔，朝小伙子望了一眼，半晌才说："俺傻嘛！"再不说一句话。

到了下午，女人才从幽怨中恢复过来，又开始说笑，大家仍然关心上午的话题，再提起，东北女人好像变了个人，用她那婉转的东北话，像讲故事一般，把他和小伙子的事讲了一遍。大家都很失望，不过是一段熟悉而又浪漫的故事。山东小伙在东北打工时，曾在女人村里的砖窑里干过活，他们相恋了，爱得不顾一切，最后女人背着父母和小伙子私奔。后来走了很多地方，到现在，孩子都五六岁了，仍没有回去见过父母。来我这里来干活之前，他们曾在沈阳、长春、北京做过小工，当过小贩，被公安、城管赶得到处跑，实在混不下去了才从城市跑到农村。

小伙子一直在默默地干活。到了第二天，开始有些烦躁，对女人说："这是老娘们干的活。"从这话里可以听出，来这里干活，是女人的主意。女人顿时没有了开朗的笑，一脸忧郁。第三天，小伙子果然没来，小两口大概闹过，女人的眼红红的，一面干活，一面不断地朝那边的小路张望。我以为女人也会和小伙子一起离去。但女人很快就恢复了爽朗的笑，有人问小伙子是怎么回事。女人说："人家是大老爷们，干大老爷们的事去了。"

望着那女人，我想起了"东北人都是活雷锋"那首歌，问女人："东北人都是像你这么开朗吗？"女人说："人活着，就得想开点，要不，像我们这样整天没着没落的，还不得愁死。"

我的活干完后，整整一个冬天，我再没有见过东北女人和她的山东小伙。到了腊月二十几，到处都是过年的气氛，在小镇熙熙攘攘的街道上，忽然有人喊我。回头看，东北女人和她的山东小伙正在笑盈盈望着我，手里都提着新买的东西，看上去完全是一对恩爱夫妻。我问他们："快过年了，不回山东过年？"女人快人快语，说他们今天给孩子买好过年的衣服，明天就要回去了。问明年还来不来？女人说，等到后半年俺家里的活干完了，肯定还会来。说着，又咯咯笑，招招手，和小伙子一起汇入了人群。

陪女人打工的汉子

老贾是和女人一起来打工的，我很长时间都没弄清老贾到底是个什么人，也没弄清老贾与那女人是一种什么关系。

在这次为我摘苹果之前，老贾和那女人已经在我这里干过几次活。老贾和女人住在村口一间简陋的小屋里，谁家有活了，站在院外喊："老贾！"一个精干瘦小的男人很快就走出木栅门，一脸的谦恭，等问明了干什么，老贾仰起头，掐着手指算，今天给张三打药，明天给李四除草。然后会说不行啊，排到几天以后了，你看能不能等等。给人的感觉好像你不是在雇他打工，倒像求他办件非常棘手的事。找他的都是急于找人干活的，自然等不得，主人叹口气，老贾也跟着叹气，现出惋惜的神情，好像在替你着急，说："要不我去问问张三，他那活不急，看能不能调调。"这么一说，反倒把人的心悬得更高，临走，老贾说："明早我给你见话。"一般情况下，老贾都能给你带来好消息，第二天，老贾会把他如何辞掉前一家的活很详细地说给你听，仿佛帮了你个天大的忙。

老贾五十多岁，看上去不像个下苦的人，他的女人比他小很多，只有不到四十岁，雪白的牙齿，清秀端丽的脸庞，个头比老贾高出半头。听人说，一开始，女人一个人先来到这里，干了一个多月后，老贾才找来的，从此两个人形影不离。去给谁家干活，再远，两个人都是步行。去时，瘦小的老贾走在前面，女人跟随在后面，回来时，高大的女人走在前面，老贾跟在后面，无精打采，缓缓地走。第一次给我干活，老贾就让我摸不着头脑。那回是给苹果树喷药。活已经干完了，老贾和女人却气呼呼地坐在渠畔斗嘴。见我来了，老贾说："怎么能让我去干那种活。"

我问："怎么回事？"

"东村老余吗？让我和彩彩去给他拉茅粪。"

我说："反正干活，做什么不一样。"

老贾说："怎么能一样，这是糟蹋人，我连自家的茅粪也是让别人拉的。"

我感到不能理解，说："你既是打工的，人家叫你干，也合乎情理，你不想干，可以回绝，还可以趁机提高工钱，比如，干别的，一天二十，干这个，一天可以要五十，那活其实不重，只是脏点，他若不同意，也没什么，你不正好不想干嘛。"

老贾仍是愤愤然的样子，说："这不是钱多少的事，一天出一万，我也不干。"

我没想到，一个外出打工的人，会拒绝高收入。女人坐在一旁，

冷冷地说："你不干,我干。"

老贾说："彩彩耶,我怎么能叫你干。"

后来,老贾和女人到底都没干那活。每天还是那样,早晨一前一后出去,晚上,又一前一后回来。第二次给我干活,就是熟人了,一边干,一边和我聊。知道他是陕西商洛人,又姓贾,我想起了作家贾平凹,问他知不知道,老贾立刻神采飞扬,连连说:"怎么能不知道,我们那块儿的名人嘛。"接着如数家珍,说起了贾平凹小说中的人物,竟那么熟悉。说完了问我:"听说你也在文联工作。"不等我回答,又说,"那是个好单位。"我问怎么个好。老贾说:"清闲嘛。"

我问老贾在这里生活得怎么样,老贾看了女人一眼,说:"好着呢。"过了一会儿,又说:"也有烦的时候,你村那小眼,啥人嘛!出门了,我就想看个秦腔,狗日的小眼倒好,把那电视拧得啪啪响,就一个破黑白嘛,有个啥,我家里放着两台大彩电,跑这里受那尿的气。"话语间,颇有些虎落平阳的意思。小眼是我们村里的一个光棍汉,也住在村头,晚上老贾没事了,常去小眼那里看电视。

我更加不明白老贾是个什么人。干活小心翼翼,甚至卑微谦恭,说起话却是如此自负清高。和女人一起吃,一起住,一起干活,却形同路人,从没有过亲密举动,根本不像夫妻。我终于忍不住,问他以前是干什么的,老贾支吾了一阵,说:"县里乡里都干过。"我问:"做什么?"老贾说:"乡长、局长都当过。"我大吃一惊,仿佛遇见世外高人,回想起前一次对老贾的教导,觉得大不恭敬。又产生怀疑,觉得老贾的话不太可信,在农村,乡长、局长是相当有身份的人,怎么可能出来为别人打工,而且是做这种苦力活。老贾淡淡地说:"犯错误提前退了,没事,闲着也是闲着,出来散散心。"

我想问他犯什么错误,又觉得太不敬,老贾看出了我的心思,朝女人看了一眼,叹口气说:"还不是为彩彩!"

仿佛要证明自己似的。这次给我装完苹果，要给打工人结账了，所有的人都是急急的，怕拖欠。只有老贾没事似的，坐在一旁抽烟。等把别人都打发走了，我把给老贾和女人的工钱算好，递过去，老贾说："钱要紧的话，先尽别人，我不急。"那时候，我想，莫非他出来打工真的不是为了钱。尽管这样，我仍然怀疑老贾的身份。

过了几天，村里的铁蛋贩苹果，需要大量劳力，让老贾和女人领着去商洛招工。回来后，铁蛋一脸的惊奇，说老贾家里盖有二层小楼，一月有千余元的退休金，还请他吃了饭，真不知道这人为什么出来下苦。

老贾并没有什么变化，还和女人一起来来去去，天天给别人打工。入冬，一个病恹恹的男人找到村里，也住进了那间屋子。每天出去干活，女人走在中间，两个男人护卫般，一前一后，还是那么缓缓地走。铁蛋说："没想到老贾还是个情种哩，那才是女人真正的男人，老贾是陪那女人出来打工的。"

树上的女孩

秀秀是挽着她妈的胳膊来的，娇憨的样子，让人感到她像是来走亲戚的，连她妈也觉得她太稚嫩，对我说："其实这孩子都十六岁了。"我还是觉得秀秀太小，摘苹果不算重活，但很累人，秀秀那娇小单薄的身体，能受得了吗？

没等我说什么，秀秀已经钻进了果园，在里面喊："妈，快看，我摘了个多大个的。"声音嫩嫩的，充满了惊奇。我想，这女孩大概以为到这里是来玩的，她可能还不知道劳动的艰辛，更不知道当雇工的含义，甚至不知道我与她之间是一种什么关系。果然，一会儿，秀秀一蹦一跳地从绿树间钻出来，小小的手，托着个大大的苹果，脸蛋红扑扑的，异常兴奋，对我说："叔，你这苹果个真大，我吃了。"说着，咯咯笑，张大了嘴，夸张地朝苹果咬去，却连皮也没碰，两只手把苹果抱在怀里，显出非常珍惜的样子，问我："给我哥带回去，行吗？"

我故意问："你哥是谁呀？"

秀秀说："我哥是李耀东嘛，在镇里上高中。"

我说："行啊，你回去多给李耀东带几个。"

秀秀瞪着水灵灵的眼，露出惊喜的神气："真的吗？"

她妈远远地站着，说："这憨女子。"

秀秀妈也是个瘦小的女人，四十多岁，脸被太阳晒成赤红色，一副木讷老实的样子。一家人住在镇上的出租房里，秀秀妈平常专门给在镇中学上学的儿子做饭。熟人介绍她们来时，只说是两个女的，没想到是一对母女，更没想到秀秀会这么小，还完全是个孩子。她知道来这里是干什么的吗？知道我是个什么人吗？看样子，她只把我当成了村里的长辈，可以像在她父母面前一样淘气撒娇。如果我黑着脸，一声呵斥，秀秀会怎么样，是低眉顺眼，一声不吭，还是大惊失色，泪水涟涟？我不敢想象，以秀秀这样的心态，真碰上不讲情面的雇主会怎么样。

我本来想问秀秀妈，为什么不让秀秀像她哥哥一样去上学，为什么让这么小的孩子出来打工，望着女人凄苦的样子，我知道问这些都是多余的。

秀秀根本没想这些，还是那么快乐。我走进果园时，秀秀已经攀在树上，踩着细细的树枝，一摇一晃，奋力摘梢头的苹果。阳光下，秀秀的脸上冒出了汗，红扑扑，若苹果一样可爱。见我过来，喊一声："接着。"不等我反应过来，一只苹果在绿树间划了个弧，飞到了头顶，我伸手接住。秀秀在上面咯咯笑，说："这个苹果好吧？可惜，虫子咬了个洞。"

我从没有见过这么活泼可爱的打工人，也开玩笑说："小心，别掉下来。"秀秀做个鬼脸，顽皮地说："你看，我掉下来了。"说着，一使劲，竟若猿猴般，轻捷地跨到了另一棵树上。站稳后，又咯咯笑，歪着头问我："怎么样？"我仰头望，只见空中湛蓝的天，洁白的云，红彤彤的苹果和活泼可爱的少女构出了一幅美景。

此后的几天，秀秀似乎一直在树上干活。上去了，便很少下来，燕子般从一棵树飞到另一棵树。有时候，会看见她坐在树杈上，愣愣地出神。我知道这是累了，小孩子干活都是这样的，兴头一过，很快就会显出疲态。缓一会儿，秀秀又恢复了快乐，唱着歌，从一棵树飞到另一棵树。

干活的女人们有时候也会被秀秀感染，不自觉地跟着哼上几句，过了又叹一声，说："这女子。"

我的活很快干完了，我给秀秀付了和其他女人一样的工钱，这可能是秀秀第一次用自己的劳动换来的收入。拿着钱，高兴地问她妈："明天到镇上买件衣服，行吗？"

她妈说："行行。"

等所有的人都走了，秀秀妈走到我妻子面前，小声说："她姨，求你个事。"妻子说："你说。"女人回头望了秀秀一眼，说："你看看咱这里有没有合适的，给秀秀瞅个家。"妻子说："秀秀还小啊。"秀秀妈说："不小，都十六了，这回带她出来，就是想在这面给她找个家，山里太苦，好赖在这面找个家，也比山里强。"那会儿，秀秀远远地站着，还是一副活泼可爱的神气。她知道她妈在说什么吗？

我很快就忘记了秀秀母女，妻子当然也没有按照秀秀妈的要求去为秀秀找家。快过春节的时候，我去镇上理发，被洗发员按着头。哗哗冲洗完，睁开眼，只见洗头的女孩停住了手，望着我发愣，我也一

惊,问:"这不是秀秀吗?"那女孩手忙脚乱,扭过头说:"不是,你认错人了。"理完发,我又一次望身边的女孩子,觉得像秀秀,又没有了秀秀那顽皮可爱的神气。

赏 析

作者用记忆中打捞出几张熟悉的面孔,以灵动而优美的文笔,现实而不落俗套的故事,鲜活而有趣的生活,真实而生动的人物,带着一股可人的清新之气,为读者展示了三个"苹果与女人"的故事。

东北女人的爽快干练不仅在于她干活时的利索,还包括在困窘生活状态下仍能保有一张笑盈盈的脸庞。(《东北女人和她的山东丈夫》)

情种老贾身上的傲慢与执拗刻画出其以往生活的优渥迹象,哪怕做过乡长与局长,在面对人生重新洗牌时,仍能坦然接受生活的打磨。他新的人生似乎是从苹果与女人开始的,"每天出去干活,女人走在中间,两个男人护卫般,一前一后,还是那么缓缓地走。"形成了一道独特的风景。(《陪女人打工的汉子》)

秀秀的天真活泼与窘迫的生活处境形成强烈反差,使人印象深刻。(《树上的女孩》)

虽是三个不同的故事,但都体现出作者对于生活的热爱与对生命力的歌颂。

那"被踩得发白的小路""果实累累的苹果树""长满蔓草的水渠"等极具特色的意象缀连,使文章质朴得宜,清丽温厚;情节不那么紧凑,全然一幅生机盎然的果园生活图,让你漫步果园间,享受文字中,避免浑浊与庸俗。读罢,让人在文字的愉悦中,同时感到生活的沉重。

诗纯粹，词动情，小说益智而散文涤除玄鉴。正如荷花淀之于孙犁、湘西之于沈从文的非凡意义，这飘香的果园对于作者的意义也非同寻常：他是这座果园的拥有者、见证者，同样也是记录者；他是这座果园的建设者，同样也是守护者。盖起房子，种植庄稼，让这片净土更为美丽富饶，愈显出乡村人的风韵与神采。

（吉振峰）

吉振峰，曾获"三晋英才"称号。山西省首届名师，山西省语文学科带头人，山西省教学培训专家，山西省名师工作坊坊主。北京大学国培计划特聘专家，北京大学高中生阅读支持体系团队成员，中国教育学会会员，临猗县政协委员，临猗县学科指导团队语文组长，临猗中学教研处主任、演讲协会会长。出版教育论著6本，主持或参与省级以上课题研究4项，发表教育教学论文50余篇。

给苹果套袋的女人

我与这些女人联系时,她们已经出来快一个月了,都很想家,提出要先回家看看。十多个女人,七嘴八舌,都是非常急迫的样子,有的说:"除了娘家,还从没有这么长时间在外面待过。"有的说:"出来没带换洗的衣服,身上都发馊了。"怕我不同意,又说:"明天一早就赶来,误不了干活。"

女人们的家都在黄河岸边的一个村子,离这里三十多里路。第二天,刚天亮,女人们就赶到了,果然焕然一新,话还是那么多,说她们是天没亮就动身,男人孩子都还睡得跟死猪似的。我算了一下,从昨晚九点到家算起,女人们在家里只待了不到八个小时。

女人们要干的活是给苹果套袋。正是初夏季节,阳光炙烈,果树叶刚生出来不久,嫩嫩的,苹果只有手指蛋那么大,若胎儿般,上面还有细细的茸毛。女人们拨开枝叶,选好一个健壮的苹果,把洁白的塑膜袋吹开,套上,用香火一点,封上口,一个苹果就套好了。好像很简单,但不是谁都能干得了,要求动作熟练,利落,一气呵成。一天下来,每个女人要把这样的动作重复两三千次。回了一趟家,女人们都很兴奋。手里干着活,嘴也不闲,一时,果树间戏谑声,浪笑声不断。一个叫桂琴的女人说:"才几天,家里就成猪窝了。"

立刻有人接上话,"这一回,男人们都尝到了没有女人的滋味。"

"可不,衣服都换遍了,臭烘烘一大堆,一进家门就洗,到半夜也没洗完。"

那边嘻嘻笑，"我就不信，能洗到半夜。"这边说："怎么不能?"

那边说："一个月没见，早急死了，还不先把你给扒了再说。"

十几个女人一齐浪声大笑，这边的女人并不脸红，说："你还不一样。"

女人们的年龄都在三十多岁，说起夫妻间的事，本来全无忌讳，正说得有滋有味，一个女人朝那边指指，果树间立刻静下来，好长时间没人说话。终于又有人开了口，这回说的是孩子，还是那样七嘴八舌，却再也没有了说男人时的浪谑，一个个都眼圈儿红红的，一脸柔情。

后来我才知道那边被指的是个刚离婚的女人，叫改改，是这群女人的头儿，却在这群女人中年龄最小，还不到三十岁，不知为什么能孚众望，得到这么多野性十足的女人的尊重。改改是个健壮开朗的女人，有一双弯弯的大眼，脸上好像永远带着微笑。她好像不在意女人们的话，见大家换了话题，似乎意识到了什么，轻轻地唱起了小调。"好女别嫁庄稼汉，一年四季身边缠，隔了几天没见面，好像守寡三年半。"惹得那边的女人又是一阵笑。

到了中午十一点，天更加热，阳光烤得人发晕，果树间一点风也没有。我问改改："你们几点收工?"改改说："还早呢，一点。"突然，猜透了我的心思，大笑，"你这人，我们下苦的都还没有想收工，你这主家倒想回去了，我们可是你花钱雇来的。"

我确实没想到这层雇佣关系，更没想到要女人们怎样干活，从一开始就全由着她们。我在这里，只是为她们倒倒水，递递袋子，好像成了她们的帮手，这令女人们感到奇怪，觉得我这人有些木。但我知道，我就是精明也没用，改改早就按行情给大家定了数量，并给她们和主雇之间留出了感情余地，关系处得好的，不光给你出主意，料理，还可以多干一些，碰上苛刻的主雇，反而只干够规定的数量。把

感情置于金钱之上，恐怕只有这些乡间农妇才能做得到。

改改也并没有把她们看作打工的。她说："打工是个时髦词儿，哪里用得到我们这些人身上。"在她们眼里，没结婚的姑娘小伙去城里，干农活以外的事，才叫打工，像她们这样，三十多岁的女人，有家有口，没文化，没技术，做的还是平常干的农活，照样还在田里晒太阳，就不能叫打工。

女人们干活，两三人一组，围着树转，很便于说悄悄话。到了下午，话题转向了家长里短。从这些女人的话中，我惊讶地发现，这些女人中，竟有小学校长老婆，乡长老婆，还有一位，家里盖着小洋楼，比我这雇主阔得多，是一位刚发财不久的生意人的老婆。她们家里都有地，有果园，做完了自己的活，才出来打工。都是为了挣钱，心境却大不一样。多数是为生活，有的却只是为了凑热闹，甚至是逃避家庭生活。农村妇女平常在家里不光要和男人一样干活，还要做家务，照顾孩子公婆，看男人的脸色，这回一出来打工，不光为自己赢得了经济上的独立，还暂时把这一切都摆脱了。有钱挣，有饭吃，有这么多的伙伴凑在一起，说童年往事，说家长里短，说男人女人，什么心都不操，谁的脸色也不看，凭下苦挣钱，凭本事吃饭，确实比闷在家里开心。

这些女人中，只有改改真正到城里打过工。前四五年，改改曾在省城的一家饭店里干过。一个女人悄悄对我说，改改就是因为在外面打工，才弄丢了男人的。倒不是男人抛弃了改改，也不是改改被人说了什么闲话。在外面打工几年，改改开了眼界，回来后，一再催男人去外面闯闯世界，不想男人窝囊得连出远门都害怕。以改改这样风风火火，口无遮拦的性格，没几天，夫妻就反目了。现在，改改带着孩子住在娘家。这几年，女人们不知给改改说过多少次媒，竟没有一个被改改看得上的。

我问改改:"为什么不再去城里打工?"

改改说:"年龄大了,没文化,没技术,又不想受人气,在城里没法混。"

干到第三天,改改和我商量,能不能早起一个小时,晚收工一个小时,把活赶出来,让女人们去镇里逛逛,买些东西。我说这没问题,一切由你安排。又问,要不要先把工钱开了。改改一瞪眼,说:"你这人,不怕我们拿了钱,一去不回。"

到了下午三点多钟,女人们都回来了,个个都大包小包地买了许多东西,却感叹,挣了这么多天钱,一下子就都花完了。又翻来覆去地看买来的东西,眼里一片温情,仿佛家人就站在面前。

女人们买的东西多是给孩子男人的,那个校长老婆比较特别,另外还买了几张光盘,说家里有VCD。改改给女儿买了件裙子,一面爱不释手地看,一面和女人们取笑,说:"这么一大群女人,个个晒得像女包公,挨着门转,老板一眼就看出是什么人来了。"问:"是套袋的吗?"女人们叽叽喳喳吵了一阵,好像什么都想买,结果什么都没买,实在对不起人家。

这一趟街,把女人们的心全牵回了家,还没等把活干完,就心不在焉,吵着要回去。改改说:"那不行,你当这是给自家干活,想什么时候走就什么时候走,剩下的半茬活,难道要让人家再去找人。"女人们都悻悻的,提不起精神。又干了一天,活终于干完了,还有人来找改改联系干活,女人们纷纷喊:"不干了,不干了。"

下午,女人们有说有笑地坐上了送她们回去的汽车,脸上全是抑制不住的激动。我想,过几天,她们还会再出来吗?

赏析

俗话说"三个女人一台戏",十几个女人簇拥在果园里同做一件事,自然别有风趣。

文中用词讲究、细腻:"苹果只有手指蛋那么大,若胎儿般,上面还有细细的茸毛",一枚娇嫩苹果便顿时跃然纸上;在描述套袋动作时,准确运用"拨""选""吹""套""点""封"六动词,剔除词语上的赘余,精练准确,一气呵成。

构建故事的方法是从群体中聚焦一个独特的个体,再由个体推移到群体,好似电影语言中的"推拉摇移"。节奏恰当,转换自然。

其中聚焦了一位独特的女性——改改,她是"头儿",看到过外面的世界,经历过生活的锤炼,有软肋也有盔甲,既可自由通融又能严守雇佣规则;不在别人的眼光里找快乐,坚定地走自己选择的路,她无疑是洒脱的乡村女性的代表。

放眼望去,果园中欢笑着给苹果套袋的女人们,她们是平淡生活中的大多数。她们家庭情况各异,但都怀抱温情,靠自己勤劳的双手赚得工钱后,立马到集市上为家人添置物品,她们品到生存的苦涩但依然热爱生活;在嬉笑调侃过后,仍心怀热切地踏上回家之路,她们在返家的途中,必然带着苹果般的香甜。

作者塑造了一群套果袋女人的群像,在她们眼中,生活明亮,万物可爱,生命辽阔,万事可期。这是人性中多么可贵的品格,文章表达了对乡村女性的赞美,同时也内蕴着作者对乡村的深厚情谊。

(吉振峰)

风雪打工汉

按照经纪人的吩咐,我按时起床,去叫来打工的山东人。

晋南的腊月天是一年中最寒冷的季节,一开门,一股寒气迎面扑来,让人不由得打个哆嗦。天还没亮,地上白白的,借着灯光仰望天空,一片片雪花在空中飞舞。我心里嘀咕,这样的天气,不知道还能不能干活?山东人被经纪人安排在离我家不远的一所空房子里,还没走近,就听见了里面响亮的鼾声,拍了一阵门,里面有人瓮声瓮气地说:"门没关,进来吧。"推门进去,一股汗臭味扑鼻而来,用手电筒照去,只见几个人打着地铺,一个挨一个,躺在一起,仍在酣睡。一个人睡意蒙眬地问:"是要剪果树的掌柜吧?"我说"是"。那人随即翻身起来,光着上身大喊:"起来,起来,掌柜的来啦!"我很不习惯这种称呼,正发愣,那人又说:"墙角有蜡烛,先点上。"我点着了蜡烛,说:"先别忙着起来,下雪了,不知道能不能干活。"几个人似乎都很吃惊,一起问:"下雪了吗,大不大?"我说:"不大,只是现在还飘着雪花。"其中一个飞快地穿上衣服,说:"我去看看。"

雪好像比我来时大了些。那人朝漆黑的夜空中望了望,说:"不碍事。"为了证实他的说法,又说:"去年,比这雪大多了,俺们还照样干。"我说:"这么冷的天,又下雪,是不是等天晴了再说?"几个人都出来了,一边朝墙角撒尿,一边回头对我说:"不碍事,不碍事,下雪不冷消雪冷,现在不干,等消雪时,脚底下粘,就越干不成了。"旁边的一位又说:"掌柜的,你放心,下不下雪,干出的活是一样

的。"我说,那好吧,先去家里暖和暖和,洗把脸。

这些山东汉是为我修剪果树的,一共五个人。直到进了我家,坐在客厅里,我才看清了他们的模样。其中年长的一位,有五十岁上下,长得粗壮敦实,显然是他们的头儿,其他几个人都叫他老郑,刚才在黑暗中和我说话的就是他。还有两位四十岁左右的汉子,一胖一瘦,完全是庄稼汉模样。另一位高大粗壮,三十多岁,一直默默无语。最后一位是个年轻人,恐怕还没结婚,很机灵的样子。我也出生在山东,见了山东人,有一种老乡见老乡的感觉。冲上茶,递过烟,问他们是山东什么地方的,最年轻的那位抢着说:"菏泽鄄城的。"我说:"我是山东德州出生的,咱们是老乡。"年长的一位说:"不光是老乡,你住黄河边。俺也住黄河边。都使黄河水浇地,还都栽苹果树。"

我没想到这位看起来淳朴憨直的汉子,竟能说出这么一番话来。他其实还不知道,这几年,晋南发展果树,主要还是得益于山东,当年,果树苗是从山东买的,技术也是从山东学的,像我这样,一边上班,一边栽果树的人,在我们这儿不是少数,每年都还要请山东来的农民修剪果树。

坐了一会儿,年长的一位说:"不早了,到地里天就亮了,走吧。"

外面仍是漆黑一片,雪还没有停的意思,落到人脸上,立刻融化成水。出了村,一行人默默走着,脚踩在雪上,嚓嚓响,身后便留下了一串脚印。到了果园,天仍然没亮,老郑说:"等天亮了再剪,这会儿看不见花芽。"

邻近的果树都修剪过了,地头堆满了果树枝,年轻的那位很快抱来一捧,擦火点燃,火苗在风中忽忽悠悠摇晃,又熄灭了。点了几次,火终于燃烧起来,把周围的雪映成了红色。几个人站在雪地里,围着火伸出手来，火焰升腾得很高，把他们的身影映在雪地上，长长的，不断晃动。那位瘦些的中年人对我说："知道吗，俺在你们这里已经干了快二十年了，先在砖瓦窑干，这几年干不动了，才随着他们来剪果树。"他的声音有些伤感。火焰映照着，把他脸上的皱褶刻画得很深，看上去，比刚才在客厅里苍老了许多。

过了有十几分钟的样子，天蒙蒙亮了，几个人面前的火也渐渐熄灭，在白皑皑的雪地上留下了一堆圆圆的灰烬和没燃尽的树枝，周围的雪都融化了，随着灰烬，是一圈黄色的土地，那是几个人站过的轨迹。雪花还在空中飞舞，所有的果树都披上了银妆，一只野兔从树行间跑过，留下一串串脚印。

老郑说："该干活了。"几个人都脱去了外套，挂在树上，顿时显得精神了许多。天完全亮了，雪也显得大了些，四野都被飞舞的雪花搅成白色，一阵风吹过，把人卷在雪末中，过后，只觉衣领里冷冰冰的难受。眼前的果树，镶上了白边，晶莹剔透，被风一吹，簌簌下落，踩在雪地上的脚步，嚓嚓响。接着，在呼啸的寒风中，响起了清脆的剪刀声。很快，几个人头顶肩上都有了一层雪。长期干这种活，几个人的动作都很敏捷，随着剪刀声，低处的果树枝，连同镶在上面的雪，一齐被剪去。高处的树枝却要先把树摇晃一下，等雪花纷纷下落，才能攀上去剪。我站在一旁，望着几个人攀上爬下，感到了一阵阵不安，觉得在这种恶劣的天气里，每天才十几块钱，雇人干活太不人道，甚至有些残忍，几次想喊他们停下来，等雪停了再干，一想到他们看见下雪时焦急迫切的样子，又忍住没喊。那个老郑，见我站在一旁，反倒以为我不放心，对我说："掌柜的，你放心上班去，有没有你在这里，干出的活都一样。"

我不好再说什么。一小时后，坐在暖融融的办公室里，心里的负疚感仍然挥之不去，不时望望窗外，希望雪能停下来，让为我干活的

人少受些罪。那天,单位里正好有事,中午饭我没能回家吃,心便一直被在雪地中干活的人揪着,到下午。雪终于停了,天色仍旧晦暗,风还在呼呼刮,似乎比早上更冷。我回家的路上,风吹起的雪末仍不时往衣领里灌,冰冷刺骨。那些剪树的打工汉们,在这样的环境中,已经干了七八个小时,这会儿,不知道我那点果树剪完了没有。

回到家,干活的人还没回来,我知道,农民们遵循着日出而作日落而息的习惯,打工也一样,今天虽然下雪,仍然不到天黑是不会回来的。妻子在忙着准备饭,嘟囔:"为什么要在这样的天气里剪果树,你也不去地里看看。"我不知为什么,突然发火,说:"你以为我想要老天下雪?"妻子还要说什么,干活的人回来了,个个身上都是湿的,鞋大概已经湿透,不停地跺脚。我招呼完几个人洗脸喝茶,又翻箱倒柜,找出几件干衣服和几双鞋,让几个人换上。老郑说:"挣你的钱,吃你的饭,怎么还能再穿你的。"我说:"快别这么说,你们出门在外不容易。"老郑说:"俺们早就习惯了,没有那么娇气。"换上了衣服和鞋,几个人都是满脸感激,却再没说什么。

饭还没做好,我打开了电视机,换了几个频道,原想为他们选个有电视剧的,没想到几个人都说:"看足球。"我是个球迷,曾经写过一些有关足球的文章,没想到这些打工汉也迷恋足球。电视里播的正好是山东队的一场比赛,几个人立刻激动起来,不断地欢呼感叹,从他们的话中,可以听出,他们不光了解山东足球,中国足球,为他们的宿茂臻、李霄鹏入选国家队骄傲,还了解世界足球,知道巴蒂斯图塔、皮埃罗。他们已经离家三个月了,不知道这三个月里,他们是否看过一场完整的足球。

吃完饭,等我如数付清了工钱,老郑又是满脸感激的样子,快离开时,却要脱下刚刚换上的鞋,我说:"别换,都送给你们了。"老郑像突然动了感情,说:"我们又遇见好人了,明年,你要愿意,俺们还来给你剪树。"

送走老郑,经纪人老姚来了。说是经纪人,不过是一种时髦的称呼,其实老姚也是个农民,只是帮这些打工汉联系活路,找住的地方,作为回报,打工汉每年义务给老姚剪几亩果树,但这些打工汉却把老姚当恩人一样看。这时,雪完全停了,我把自己因为同意打工汉下雪天干活的不安,对老姚说了,不想老姚说:"你想错了,上午,我曾去果园里看过他们,他们还感激你呢,担心你因为下雪,影响剪树质量,不让他们干呢。"我不太明白老姚的话。老姚又说:"你想想,若是你不同意他们下雪天干活,他们不光没地方挣钱,连吃饭也没人管,要白白耗上一天,去年,就是因为下雪,他们耗不起,提前十几天就回山东去了。"

原以为汉子们感激的只是我那里几双鞋,现在,一下子明白了老郑为什么会那么动感情,心里便一阵酸楚。这些看起来强壮的汉子,竟如此容易被感动,他们自己冒着纷飞的大雪,受了比平时多得多的罪,仍然挣与平时一样多的工钱,却要感谢别人,别人不经意间所做的一件小事,竟会被他们看作福祉,感激再三。我周围也有许多这样的乡亲。过后的许多天,我都一直在想,这到底是善良,还是卑微,抑或是愚昧。

老姚坐了一会儿就走了,说是要去和明天剪果树的人家说说,看看人家愿不愿意在下雪后的天气里剪树。

赏 析

作者以真情入文,将发生在寒冬腊月的故事娓娓道来,满篇的人文关怀,字里行间充满悲悯情结。

同样事关苹果,描写的却是一帮被艰辛生活打磨出的异乡汉子。

他们在寒冷的风雪之夜呼噜震天，席地而眠；他们模样憨直，粗壮敦实。在这平凡的外表下，包裹着一颗颗坚硬发亮的内核。

为了生活，他们宁肯顶风冒雪修剪果树，也不愿白白浪费一日光阴；他们诚信、磊落光明，对东家说："掌柜的，你放心上班去，有没有你在这里，干出的活都一样。"他们热忱、内心丰盈，为家乡的足球队加油呐喊，同样也有阔大的胸怀。尽管身处苹果园里，心中仍汪洋恣肆。

他们心怀感恩："别人不经意间所做的一件小事，竟会被他们看作福祉"；经纪人老姚做着自己的分内之事，但"这些打工汉却把老姚当恩人一样看"。他们那颗舍得付出和常怀感恩的心犹如金子般闪闪发光。

但作者真正要表现的并非这些，而是要通过他们的质朴善良，引发读者的思考。"这些看起来强壮的汉子，竟如此容易被感动"。"过后的许多天，我都一直在想，这到底是善良，还是卑微，抑或是愚昧。"

整部作品犹如一条平静恬淡的小河，然而捧一掬却可以品尝出咸味——里边溶进了打工汉的汗水，甚或泪水。读者掩卷之后，对现实生活会引发若干沉思与联想。

（吉振峰）

艳妆苹果

久居乡间，闻怪了清新的泥土味，走进这家连锁超市时，就像茅盾笔下的吴老太爷走进大都会一样，感到有些眩晕，食品味、水果味和各种各样人的气味混杂在一起，热浪一样，不由分说地往人脸上扑。在货架间走几步，嗅觉渐渐失灵。气味又渗进了身体的每一个毛孔，渐渐钻进心里，有了一种想呕吐的感觉。货架旁的售货员小姐衣着整洁，彬彬有礼，机械地绽出微笑，用甜得发腻的声音介绍着商品。轻快的音乐声仿佛从层层叠叠的商品缝隙中钻出来，悠扬婉转，熟悉却又想不起名字。许多人和我一样，提着购物筐或推着购物车在货架间逡巡。声音和气味搅在了一起，本来都是那么诱人，却制造出一种让人不能接受的气氛，更加猛烈地朝人袭来，我感到自己就要落荒而逃了。看看周围的人，一个个都安之若素，态度平和，又鼓足勇气继续往前走去。

看见了几个熟悉的身影。那是一些放在货柜里的苹果，一只只排列整齐，如出场的模特一般，面露笑容，神情倨傲。仿佛在陌生的都市里遇见了老朋友一样，我兴奋地挥起手打招呼，就要扑过去拥抱了。却见她们正在对着别人说笑，心里酸酸的，就像看见自己心爱的人和别人调情。她们大概也看到了我，很不好意思，脸儿红红的，羞涩中带着惊讶，好像不明白，这个长年在苹果园里转来转去的男人，怎么会跑到这繁华的都市，而且这么巧，会在这种场合相遇。我也有些惊讶，按说刚才已经从她们身旁走过几个来回，怎么会没有看见。

仔细看，顿时明白了，果柜里的苹果，已经不是我在苹果园里看到的样子，浓妆艳抹，花枝招展，细腻的皮肤上，分明散发着一种俗艳的光，在超市柔和的灯光照射下，像刚刚穿上新装的村姑一样，朝我难为情地笑。我凑近了果柜，想闻闻苹果那惯常的清香，结果还是只闻到超市里热烘烘的气味。再看就明白了，原来果柜上罩着一层透明塑料膜，里面的苹果像是被抛过光打过蜡，像油头粉面的戏子一样，已是一脸的无奈。

再走过去，我还看到了酥梨、葡萄、鲜桃，还有黄瓜、西红柿，这些本该水灵灵，充满田园味的东西都被裹上了一层俗气的外套。就像我刚刚在劳务市场里看到的那群民工一样，卑微而又胆怯地待在角落里，早已失去了在乡村时的纯朴憨直。

所有的东西从乡村到城市大概都会变个样。两天前，我还在苹果园里疏花，阳光明媚，花香四溢，邻家十三四岁的小姑娘凤凤在那边无拘无束地唱歌，歌声轻柔脆亮，天籁之音一般在花香中流泻开来，我陶醉在女孩的歌声中，不时也扯开嗓子吼几声。那时候，我感到自己像个十八九岁的青年一样，活力四射，浑身充满了激情。现在，才刚刚在这眼花缭乱的超市里待了一小会儿，就感到自己分明变成了只木瓜，呆呆的，从心灵到眼神、动作都有些迟滞。纷扰的人流和流光溢彩的装潢，表明这地方已被现代文明浸透，我用乡音刚说出一句话，那面的几个人立刻投来诧异的目光，便收敛了野性，再说话，腔调就变了，别别扭扭，和这个富丽堂皇的所在一点也不谐调，连自己也感觉难听死了。

我知道，柜里的苹果应该换上艳妆，酥梨、葡萄、鲜桃、黄瓜、西红柿都应该换上艳妆，如果她们都会说话，也应该像我身边的售货员小姐一样，带着微笑，彬彬有礼地用普通话娓娓道来。

在我们那块黄土地上，现在正是春风徐徐，鸟语花香的时候，裸露了一冬天的土地，早已姹紫嫣红，新绿遍地了。若不来这个城市，我这时也许正和老婆在鲜花盛开的苹果园里疏花。我那件穿了许多年的夹克衫上，蓬乱的头发和汗津津的脸上，说不定沾满花瓣，引来几只蜜蜂嗡嘤。前天，我放下了手里还没做完的活，要来城里了。晚上，老婆取出了另一件衣服，熨了又熨，要让我体体面面地来到城里。不然，我会和那些苹果一样，感到难为情的。我穿着平展展的衣服来到了这里，走在大街上，却像赤裸着身体一样，被人看得脸上发烧。城市是个让所有的东西都变得更加体面的地方，体面的街道，体面的广场，体面的楼房，体面的人，还有体面的苹果，体面的蔬菜，体面的花木，我穿着自认为还算体面的衣服混迹其中，感觉自己也变了个样，再也不是苹果园里的那个男人。不知道那些苹果怎么还会认出来。

我在货架间浑浑噩噩地走，五彩纷呈的商品似乎并不太理会我这个乡下人，她们在朝一位位衣着光鲜的女人挤眉弄眼，卖弄着风情，接连飞吻。不觉间，又转到了那个果柜前，我惊诧，苹果也灿出了卑贱的微笑，一个女人站在面前，一一打量着她们，最后用一只华丽的藤制果篮，装好满满一篮水果，外面裹一层塑料薄膜。和苹果一起放在篮子里的还有一串葡萄，几只酥梨，几枝荔枝。与红彤彤光彩照人的苹果相比，葡萄、梨和荔枝最多只能算是伴娘。我想，苹果们显然比我幸运，凭着一身艳妆和天生丽质，永远留在了城里，而我虽然也刻意修饰了自己，过几天，还要再回到苹果园，和老婆去做没干完的活。

那位女人气宇轩昂地走向了出口处的收银台，我不知道她会把篮子里的苹果带到什么地方，那里肯定是这些苹果的最后归宿。在一间病房，或一间客厅里，会有另一个人面带笑容，说着感激话，接过果篮，但他感激的不会是苹果，而是这个女人，就像在这个城市里永远

也没有人会感激劳务市场上的那些民工一样。过不了多长时间，一把小刀会在苹果艳丽的身体上旋动，苹果赤裸裸的，现出奶油般的肌肤，然后被切开，一瓣瓣送到一个人嚣张的嘴里。

我和我的乡亲们精心务弄了一年的苹果就这样去了她应该去的地方，那是她最好的归宿。为了让苹果有这样一个归宿，我每天都要在果园里劳作，翻地，浇水，施肥，除草，剪枝，治虫。从果树开花的那一天起，像护理孩子一样精心务弄。花谢时，苹果只有黄豆那么大，带着浑身的茸毛，像小宝宝般憨态可掬。夏天，她长大了，藏在绿叶间，像个漂亮的小丫头般顽皮地咯咯笑，到现在我仿佛还能听到那天真烂漫的笑声。秋天，她终于长成了大姑娘，红扑扑的脸上，是一副娇涩的神情。夜晚，潮湿的地气，会让她带上露珠，太阳出来了，她圆圆的脸上水灵灵的，又现出另一种娇艳。就这样，苹果成熟了，就像女孩到了该出嫁的年龄。

我没想到苹果最荣耀的地方会在这里，也没想到苹果会以这种方式找到真正的主人，更没有想到苹果离开果园后会是这么一副模样。

我能看惯的是挂在树上，映着朝霞，滴着露珠的苹果，或者是摘下来一大堆放在草地上，蕴成一片彩霞的苹果。干活时口渴了，想吃个苹果，我会随手拿起一只来，在衣襟上抹抹，咔嚓咔嚓大口啃去。到了这里，苹果就像染上漂浮在城市上空的那种沉重灰暗的气息，不知道还会不会像原来那么甘甜。

身旁的售货小姐是个十八九岁的女孩，正瞪着一双明澈的眼睛不解地望着我。我问："刚才那一篮水果卖多少钱？"女孩说："八十块。"我诧异。在我们那里，八十块足足可以买一百公斤苹果，够几个人吃一年的。但我并没有感到惊讶，因为我知道能到超市的苹果，是所有苹果中最好的，就像选演员一样，不知道要经过多少人的眼睛，多少双手，一遍遍地挑选。

去年秋天,我的苹果成熟了,我们那片土地上,到处都飘逸着浓郁的果香味。大堆大堆的苹果堆积在地头,随处可见。一个尖下巴,黄头发的广东果商来到了我的苹果园,他收购苹果的标准是"三无一净",即无斑点,无裂纹,无虫眼,果面光洁干净。经过一番口舌,我和他谈妥了价格。没想到,在几位说说笑笑的女人手里,我那一大堆苹果中的三分之二被淘汰,挑出来符合标准的,被套上网袋,小心翼翼地装进纸箱,又过了一天,就装上汽车长途旅行了。据那位果商说,在上市面以前,他们还要再次挑选,然后抛光,打蜡,包装。

我问面前的女孩:"你觉得这苹果好吗?"

女孩说:"好,都是山西、陕西产的,真正的黄土高原苹果。"

我问:"好在哪里?"

女孩说:"漂亮,口味好。"

我望了那女孩一眼,说:"是漂亮,像个好看的女孩。"

我的话有些唐突,说得那女孩脸红了。我望着这位穿着制服,挂着胸牌的女孩想,她也许和苹果一样,刚刚从乡下来到城里,不同的是,苹果改变了模样,她身上还隐隐现出乡村女孩的清纯。也许过不了多久,她也会像这些苹果一样,湮没在都市的繁华之中。

2000年的深秋,刚刚收获完了苹果的一个下午,在淅淅沥沥的秋雨中,我带着三个打工女孩来到了这个城市。临行前,三个女孩都穿上了她们刚买的新衣,带着喜悦与不安,跟我上了火车。其中有一位叫兰花的姑娘,就与眼前的这位售货小姐一样,曾在北京某大超市里当过售货小姐。把她们送去后,我曾在一篇名为《带女孩去打工》的散文里描述了一路上带她们的全过程。在这座城市里,三个女孩整整待了一年,第二年苹果收获的时候,她们又回到了村里。

与几位女孩相反,被送到城里的苹果却是连一个也不会再回到村里,把她们送到城里,再被人出个好价钱买走,是所有乡亲的最大愿望。就像他们对自己孩子的企望一样，用终日辛劳，供子女们上学读书，目的就是希望他们有一天能走到城里，过上体面的生活。两年前，我的一位堂弟曾经为他的苹果日夜叹息。他拉着一卡车苹果去了广州，在那个南国都市里，像个没头苍蝇一样乱撞，为苹果找买主。他没想到，那水灵灵，脆生生的苹果竟会没人要，更没想到在城市里待几天会那么难。十几天后，他坐着空荡荡的卡车回到了村里，与妻子抱头大哭。他把一卡车上万斤苹果全部贱卖给了一个果商，价值还抵不上他来回的车费。一年的辛苦就这样全部赔在里头。

在我们那块土地上，每年不知道有多少人家为苹果倾家荡产，又不知道有多少人家因为发了苹果财欢天喜地。这一切，全看苹果在城市里的命运。

果篮里的苹果是幸运的，送她来这里的庄稼人也是幸运的。她幸运的背后，不知道藏着多少人的辛苦，也不知藏着多少人的期望。

那回带三个女孩去城里打工，我只是受她们父母的委托，一路上照顾她们。等把她们交给了接站的人后，任务就算完成了，我的事则是送女儿上大学。如今，女儿已从大学毕业，早就不是当初那个乡下女孩，她用从学校学到的，从城市里感受到的东西包装好了自己，像一只苹果一样，在城市里辗转，不知道何时才能找到理想的归宿。

我们那片土地上，每年都有成千上万吨的苹果被运到城里，还有成千上万的青年像苹果一样流落到城里。但两者的命运不同，他们多数都不会像苹果那样永远留在城里，过不了多长时间就又回来了。

一个春光明媚的早晨，我在村口碰见了兰花，她是我那次带去打工的三个女孩中年龄最大的一个，现在已经做了母亲。她正要送孩子上学。四岁的女儿上了镇里的幼儿园，坐在自行车后座上，瞪着圆圆的眼睛望着我。我问兰花："还准备去城里打工吗？"才刚刚二十四五岁的兰花脸上已有了沧桑，苦笑着说："有孩子了，想去也去不了。"

我逗兰花的孩子，问长大了干什么。小姑娘不惧生人，嫩嫩地说："去城里，当科学家。"看来，就像务弄苹果一样，兰花已经开始为孩子施肥浇水了。

那位售货小姐满脸疑惑，一直在盯着我。我决定花比我当初卖苹果高出十几倍的价格买一篮水果，让这些苹果再回到她们出生的地方。售货员小姐问，先生选哪种果篮，需要配些什么水果。我说：用最好的果篮，只要苹果。女孩疑惑地望我一眼，很快装好了苹果。那确是一只好果篮，篮筐用染成各种颜色的细藤条编成，篮畔系着鲜红的缎带，像父母为女儿精心准备的嫁妆。苹果被装在如此精致的果篮里，如同乡村的新娘出嫁一样花枝招展，充满了喜庆气。我想，乡亲们看到这篮苹果后，会像看到皇妃回乡一样惊喜不已的。

赏 析

本文内容新颖独特，很有感染力。在艺术表现上，全文将苹果拟人化，把超市货柜里的苹果描述成一个个"浓妆艳抹，花枝招展"的时髦样子，艳妆苹果让人过目不忘；进而借物喻人，由苹果推及人，关注如苹果一样的进城者；并运用象征手法，借用商品化的苹果这一具体可感的事物来象征在城市浮沉的农村青年，一切皆着我之色，通过这些情感与感悟来感染读者，获得了良好的艺术效果。

在思想性方面，具有历史纵深感，对现实生活的认识与表现深入透彻，能够窥见一般人难以感受和认识的深流和暗流，并呈现出预见性的洞察和锐见。在任何时候，乡村与城市、个人与时代的关系都是有意味的话题。1990年代以来，中国乡村发生了巨大变迁，许多人离开乡村前往城市，改变了传统农民与土地之间的紧密联系。正如文中所说"城市是个让所有的东西都变得更加体面的地方"。而现代物质文明的冲击、城市文化的侵袭、消费主义光怪陆离的圈套与狂欢，都使得乡村不断"边缘化"。面对这万花筒式的复杂场景，作者能保有冷静思考，站在乡村立场上为乡村代言，表达出对乡村感伤式的怀恋以及对乡土精神的坚守。

作者就像是怀恋乡村淳朴的田园诗人，将现实问题融进更广阔的生活背景中，展现出对农村、城市与人类命运等方面的深刻思考，进而让读者感受到思想的深邃和悠远。

（吉振峰）

夜还不够深

田野里的秋夜也许是一年当中最不安宁的夜晚。秋虫唧唧，落叶飒飒，潮冷的空气中带着果实的清香，让人陶醉。朦胧月光下，不知有多少人在这况味十足的夜晚像孤魂一样四处游荡。伴着他们的脚步，秋夜窸窸窣窣响，变得神秘浪漫起来。

那个夜晚，我像个守夜人一样，久久坐在一座孤崖上，望着黑黢黢的夜色发呆，孤独无聊像秋夜的雾一样在我头脑里弥漫。月亮从树梢上升起来，如同刚睡醒的新妇一样娇慵无力性感十足。远处寺院的琉璃殿顶在月光下闪出凄冷的光，响了一下午的佛乐已经停了，整个寺院静得像一尊佛。崖下是一片苹果园，套着纸袋的苹果挂满了树，凄风阵阵，带来醉人的清香，满树的纸袋哗哗响，纸幡一样晃动。身后，隔着一块棉田，是碑碣林立的墓地，前两天刚葬了羊屎巷的李老四，新坟上的花圈被月光映出怪异的光，吱啦啦响。

夜开始骚动了。一个女人的声音像从地下冒出来一般，哎——哎！一个男声回应着，声音沉闷，噢，噢！一柱黯淡的光在树丛间晃来晃去，熄灭了，压低了声音叽叽咕咕，接着，光柱晃动着返回去，四周又恢复了沉寂。我知道，这是吃了晚饭的男人来替换下午干完活一直守候在苹果园里的女人。看看表，我在沟畔已经坐了三个多小时，从太阳还红红地挂在西天，一直坐到现在。在果园里守着的女人说不定一直从树隙间盯着我，刚才，也许在黑暗中指着我向男人交代。我感到了一丝不安。

另外一个方向，一束惨白的光在崖壁上晃，鬼火一般慢慢近了。细看，光是从一个人头顶上射出的，不等明白是怎么回事，白光射在我脸上，那人冷不防看到一个人，也吃了一惊，说："吓死我。"我明白，这是晚上出来逮蝎子的，问："天凉了，还能逮着蝎子。"那人答："不好逮了，跑了一晚上，就逮了这么几只。"说着，摘下挂在腰间的罐头瓶在灯下晃了晃，又问我："你是等水浇园，还是看园。"我胡乱答："都不是。"两人对答的声音突兀尖利，像要把夜打穿。夜色沉沉，那人不吭声了，莹光照在崖壁上，一只蝎子像出现在幻灯片中一样清晰可见，在崖壁上匆匆跑，那人走过去用手捏住蝎子尾巴，放进瓶里。朝我挥挥手，晃动着灯光转到了崖后。

果园里传出轻轻的脚步声，是看果园的男人走出了棚庵，透过树隙，他的烟头一明一灭。此刻，他大概也像我一样枯坐着，望着夜空中的星辰发愣。他在发愣之际，已经做了他想做的事，我却只是在毫无意义地坐着。也许，他正在盯着我，琢磨着坐在崖畔上的这个男人到底想干什么。果树间发出了碰撞声，一只苹果磕碰着枝叶坠到地上。那男人悄声嘀咕了一句什么。再过不到一个月，果园就要收获了，他一定很心疼掉下来的苹果。他把果园务弄得不错，看眼前这样子，是个丰收年景。没看到人，我已能猜出，这是一对勤劳而又谨慎的夫妇，他们家的生活，一定全靠这片果园，必须不分昼夜地看好。

崖畔，离我坐的地方四五米远，有个被雨水冲开的豁口，形成一面带着水痕的坡，下午，我就是沿着那面坡爬到崖畔上的。看到这男人现在的样子，我很想再从那里爬下去，和他坐在一起好好聊聊，把我看果园的经验传授给他。告诉他，看果园其实不必这么认真。我也曾经看过果园，更早的时候，还看过玉米、棉花、割倒后捆成个的麦捆。对了，还看过西瓜。看果园不需要像保卫军事要塞一样不眨眼地守着。看果园的目的不是抓贼，而是要让贼不敢光顾。那男人显然没弄清这一点，悄无声息地躲着，分明是想埋伏在那里，把来偷苹果的贼一举抓获。他应该给自己造出些声势，把棚庵搭在我现在坐的地方，像个碉堡似的让每一个经过的人都知道这片果园时刻有人看着。还有一点更重要，从居高临下的棚庵更容易观察果园里的动静。那男人躲在黑暗处，自己反倒更像个贼，坐在崖畔的我反倒像个看果园的。如果我走下去，会准确地找到他藏身的地方。

望着即将收获的果实，其实是件十分开心的事，能不能抓住偷苹果的贼并不重要。我看庄稼时曾经抓到过不少贼，因而，有这方面的感受。我看庄稼的那些日子，有时候一整夜一整夜坐在地头，庄稼沙沙的响声，如同乐声一般，让人陶醉。直到现在我仍然认为那是我一生当中干过的最舒服惬意的活。1977年的秋天，庄稼成熟了，我被派去看管生产队的几十亩玉米。我想我二十岁时，一定比现在机智聪明得多，也比崖下的男人聪明得多。我把棚庵搭在地头的两棵大杨树上，离地面一丈多。晚上，秋风一起，棚庵会随着杨树悠悠晃动，坐在上面，几十亩玉米一览无遗。借着月光，哪里的玉米现出与风吹不同的节奏，就一定是有人偷窃了，悄悄下来，猛扑过去，会一抓一个准。

那些年，每到庄稼收获季节，田野里到处都是拾荒人，男男女女，背着口袋，成群结队，直到很晚了仍在田里游荡。我抓住的贼里，有夫妻，母女，姐妹。月光下，我常常望着他们凄楚的面容不知所措，不知道拿他们怎么办。我和他们一样，家里也缺吃的，不过我是看玉米的，他们是偷玉米的。我想，如果我现在真是贼，被崖下的男人抓住，他也会和我当年一样不知所措。

秋天的夜晚还会让人产生浪漫，在收获的季节，面对树林一般的玉米高粱，思春的男女可能容易冲动。我就曾经抓住过一对躲在玉米地里偷情的男女，面对他们，除了不知所措，更多的是尴尬。

沟对面的小路上，不断有人影晃动，远处那个小村里，不时传来狗叫声。这会儿，在小城里摆摊的小贩们，工地上当小工的农民都在往家赶。脚步声在旷野里格外响，突然，其中的一位扯开了嗓门儿一声吼，噢——声音洪亮而又怪异，黑黝黝的果园好像被震得落叶簌簌。我的头脑也开始骚动，许多想法跳跃着，一拥而上。月光皎洁，秋风凄冷，望着秋夜中的苹果园和看园人，1977年那苦涩而浪漫的秋夜像电影一样出现在我的眼前。那天晚上，我坐在杨树上的棚寮里，月光下的玉米地被秋风吹起了波浪，别着棒子的玉米若一个团队般，在夜风中昂首阔步。其中几棵玉米在不安分地晃动，像队列中出现了不合拍的士兵。据我的经验，这一定是有人在偷窃。我悄悄爬下了棚庵，不动声色地走过去，没有大喊捉贼。在地头的乱草中，我看到了一辆藏匿的自行车。推开重新藏好后，并没有钻进玉米地，只是大喊一声"抓贼"，表示我的存在。我料定偷玉米的人一会儿就会哭丧着脸来找我，因为一袋玉米的价值远远抵不上一辆自行车。我安然躺在棚寮里等着。没想到是来找我的竟是一位和我年龄相仿的女孩。玉米叶在秋风中哗哗响，月光下的女孩泪流满面，一声不吭地在我面前瑟瑟发抖，做出一副听天由命任凭发落的样子。在玉米、自行车和荣誉面前，她选择了前两种。我默默走开了，等再绕回来时，姑娘、自行车和装好的一袋子玉米都不见了。

那个秋夜，我感到自己真正长大了，成了一个懂得怜悯的男人。

露水上来了，衣服开始发潮，秋虫不停地鸣唱。一辆摩托车从那边的坡下爬上来，吼叫得肆无忌惮，把夜撕得七零八落，雪白的灯光晃动着，照亮瑟缩的树叶，在黑暗中划开了一条白生生的缝。那边是一条田间小路，灯光时走时停，拐过去又转过来，荡出了一种焦躁。车停在离我不远的地方，两个人并不下来，女的紧紧抱着前面男人的腰，头贴在背上，一往情深。这是一对恋人，看来是想找到一处清静的地方亲热浪漫一下。在这小城的近郊，这里本该是一片谈情说爱的理想场所，这会儿，他们大概失望了，摩托车灯光照见的不光是窄窄的路，还有和他们一样在夜幕下游荡的人，要命的是开车的男子望见了枯坐在崖上的我，随即重新发动了摩托，车灯又在小路上晃，终于在沟对面的柿树下熄灭。月光把柿树弄成了一团阴影，不知道夜的黑暗能不能带给他们长时间亲热的机会。

在秋夜里孤坐最容易在无意中妨碍别人。静谧的原野上，还在月光下游荡的人一定不愿意碰见像我这样孤独的人。我的无聊先是妨碍了看果园的夫妇，接着又妨碍了找地方幽会的一对情侣，说不定在黑暗中我还妨碍许多我没有看见的事情。刚才从我身边绕过去的那只野兔，被我挡住的秋风，还有本来可以直接投在地上的月光。静静待在秋夜里的，应该只是我面前的土崖和崖下的树，还有地里的庄稼，不应该是一个活生生的人。

静坐在空旷的田野，望着满天星辰，会给人带来许多联想。坐在秋夜中的人或许最难以让人理解。崖下的男人把我当成了偷苹果的贼，那边柿子树下的情侣，可能把我当成了等着与情人相会的失恋者，还有可能把我当成想不开的厌世者。只有我才知道自己在想什么。

我也曾像这对情侣一样在秋夜里被人妨碍。二十多年前的那个秋夜与今天一样月光明媚，空气清新。我与未婚妻在田间小路上相伴而行，乡间秋夜的风吹散了未婚妻的长发，踏着露珠，我们携手四处游荡，想找一处安静的地方倾吐情话。我们不断地碰到意想不到的人，前巷的五子老婆扛着一袋东西神色慌乱。后街的狗娃与一个不相识的女人在柳树下相拥。我们在努力躲着别人，又不断地打扰别人。想趁着黑夜做事的人，努力想避开人，却又被我们碰到。在一棵苦楝树下，我终于与未婚妻拥抱在一起，就在那一刻，一束手电光像霹雳一样把我们分开。一个人扛着棵粗壮的白杨树晃悠悠地朝我们这边走来，厉声问："是谁，干什么？"我知道那是个贼，正把生产队的树偷砍了往自己家扛，也知道他是谁，叫什么名字。没想到他会先问我们，他是个狡黠老到的人，知道秋夜并不能庇护所有的事，知道是谁看见了他做贼，就不用再怕什么。

月光惨淡，满天的星星欢快地闪烁，一声怪叫从寺院那面传过来，接着一个黑影扑塌塌从夜空中掠过。大概是只猫头鹰吧，下面看果园的男人站起身来，呸，呸！朝地上连吐唾沫，好像这不祥的叫声会马上带来厄运。

一辆自行车从那面的坡上爬上来，扭扭咧咧，颤动的车铃叮当响。骑车的是个男人，车后坐的可能是他的女人，两口子一边赶路，一边说话，男的说："我明明给那个穿夹克的男人加了盘猪头肉，你怎么不收钱？"女的说："你没交代，我没注意，现在这人啊！"不用说，这是一对在夜市上摆小吃摊的夫妻。两个人显得很兴奋，根本不顾忌夜的幽静，声音传得很远。

我扭头望去，坡下我居住的那座小城上空映出昏黄的光，此刻，不知还有多少人在忙碌。我起身准备离去。月亮还挂在中天，又有几个人在那面走动。夜还不够深。

赏析

本文语言优美，意境深沉，运用多种艺术手法，动用各种美学元素，将看似平静的秋夜描写得五彩斑斓。

首先运用了精妙的比喻，化平淡为生动，化抽象为具体。将秋夜的月光比喻成刚睡醒的新妇，尽显月色的娇媚动人；将宁静的寺庙巧喻为一尊佛，本体喻体之间气质相符，融为一体，更显出寺庙的宁静庄严。还运用反衬手法，通过人与物的动态活动，更衬托出秋夜的宁静安详。

其次，作者静坐在空旷的田野，通过"我"的所见所闻所听所想，营造了一个别有风味的秋夜景象，意境旷远悠长，让人心神向往。"我"像一个守夜人，密切观察着夜晚的一切，观察着不同人的动作，体悟着不同人的心情。有人勤劳忙碌、有人寻求浪漫、有人百无聊赖、有人肆意寻欢……一幅农村生活百态图展示在读者面前。而作者在观察的同时，也成为一个被观察者。"崖下的男人把我当成了偷苹果的贼，那边柿子树下的情侣，可能把我当成了等着与情人相会的失恋者，还有可能把我当成想不开的厌世者。"这种观察与被观察，相对存在、对立转换使得夜晚更为有趣。

最后，作者让回忆与现实交织，让思绪与体悟并行，回忆过去，感悟人生，从而超出了对秋夜田野的简单现实书写，赋予其深厚的思想意蕴。

（吉振峰）

少女歌唱

正是春意萌动的季节，梨花、桃花、杏花、李花竞相开放，粉的白的花大片大片汇集在一起，田野像披上了盛装，放眼望去，花儿像对着人灿烂地微笑。天空湛蓝，阳光明媚，春风吹过，带来浓郁的花香。深吸一口气，便若走进众香国里。突然，花丛中，传来几声清脆的笑声，若天籁之音，分不清是花在笑，还是人在笑。

女人们都隐在了花间，一会儿钻到树下，一会儿又攀到树上，用剪刀飞快地剪去一朵朵红白相间的果花。这是果树管理中的一个必须环节，叫疏花。这季节，各家的女人都在干这种活。繁密的果花把女人们一个个隔离开来，前后左右，看不见别的，只有花。开始，都默默地做自家的活，干一阵子，就有了寂寞。终于有一个女人忍耐不住，大声朝那面说起昨天如何受了男人的气。那面的花丛中，立刻有另一个女人接上了话题，声音同样的大。更远的花丛中，又有一个女人，也插上了话，地里热闹起来。东面，西面，东面的东面，西面的西面，像接力一样，都拉上了话，把许多本来相互看不见的女人串连了起来。七嘴八舌，叽叽喳喳，说生活的艰辛，持家的不易。

我也偶尔插上一句，立刻就感到了不和谐。

前面的花间传来欢快清脆的歌声，嫩嫩的，若春芽初绽，又无拘无束，悠扬婉转。弯下腰，透过一重重的树干，隐约看见不远处一个红色的身影在晃动，那是赵家的女儿——一个十四五岁的女孩子，在一边帮她妈干活，一边唱歌。这时，女孩可能完全沉浸在自己的歌里，越唱越忘情，歌声便越发动人。听着女孩的歌，我想，大概只有这样无忧无虑，天真无邪的少女，才能唱出如此动听的歌来，只有这种年龄的女孩，才会把歌唱得如此青春激扬。

我被陶醉了，停下了手里的活。

女人们的说话声也停了，过了一会儿，东边的女人说："今天学校放假了。"

另一位说："要不，地里怎么会有女娃。"

女人的话，让我想起，这几年，农田里，确实很少再看到女孩子，平日所见，只有结了婚的女人。田里的活太苦太累，也太单调，即使是不再上学的女孩子，也不愿到田里来，大多去了城里打工，那里才是她们向往的地方。

女孩还在唱，更加忘情。

西边的女人说："是你家凤凤。"

东边的女人说："这孩子，什么时候学了这么多歌。"

更东边的女人说："没想到咱凤凤也能把歌唱得这么好听。"

其实女孩和女人们离得并不远，也许是因为隔着一树树繁密的花，也许是唱得太投入，女孩并没有听见女人们的议论，一支接一支地唱，清脆稚嫩的歌声随着馥郁的花香流泻开来，一声声地浸润着人的思绪，让人感到眼前的花那么绚烂，天空的白云那么洁净，手里的活一下子变得轻松起来。很快，我听出来了，女孩唱的都是些流行歌曲，有苏芮的，张惠妹的，还有王菲的，这些歌，我都听过原唱磁带，却从没有过今天这样的感觉。

不知从什么时候开始，疏花的女人们都不说话了，花间，只有女孩的歌在流荡。一朵朵小小的果花，一片片嫩嫩的绿叶，似都在含情脉脉，随着女孩的歌在浅浅微笑。一会儿，女孩的歌突然停了。空气仿佛凝结了一般，花也好像不再那么动人，眼前空荡荡的，静谧的使

人难受。

东边的女人忍不住喊:"凤凤,怎么不唱了。"

西边的女人也喊:"唱呀,凤凤,我都听得忘记干活了。"

前面花间传来女孩几声羞涩的笑,又没有了声音。

东边的花间发出一声沉沉的叹息。

西边的花间有女人说:"我做女孩子时也这么唱过。"

更西边的女人说:"谁都有这么轻松的时候。"

再往西的花间:"你还会这么唱吗?"

西边的花间:"还能唱,只是唱不了这么轻快,好听。"接着,便压低了嗓音唱了起来,竟也是流行歌,只几句,便咯咯笑,说:"不行不行,难听死了。"

那面,女孩子又唱起来,这一回,大概知道有许多人在听着,开始声音很低,有些生涩滞重,唱着唱着,就变得清脆欢快起来了。

花香又开始浮动开来,浓得醉人。

赏 析

一片因疏花而忙碌热闹起来的苹果园里,春意萌动,生机盎然;有妇女叽叽喳喳的拉家常声,有少女的优美歌唱声,给人一种田园牧歌式的美好感受。

作品用词优美,情节欢畅,作者通过巧妙的叙述给人以重重交叠的审美感受。

第一重审美在于作者笔下的大自然美景,作者描绘了梨花、杏花、桃花、李花竞相开放的美好季节,尽情展示乡村果园间的自然与美好。这种自然之美对读者构成一种心灵上的优美召唤,使人无限向往。

第二重审美是人物人情之美。少女正如春天的花朵，恬静美丽而又和善动人，凤凤在果园里的一系列动作，包括忘我歌唱、发现被人关注后不好意思地戛然而止，而后在众人鼓励下又继续唱歌，纯粹都是自然而美好的真实流露，体现出一种纯真的情感。此外，少女凤凤的美不光在她美妙的歌声里，更体现在她在田间勤快灵动的身影里，以及她那朴素真诚、依恋乡土的观念里，而相互嬉笑的妇女们身上所体现出的热情质朴，也同样体现出一种人与人之间和谐相处的人情之美。

第三重审美在于作品的艺术之美，作者将抒情不着痕迹地蕴含于细节之中，使自然美景与人情美融为一体，相互映照，形成清新雅致的抒情风格，让读者阅后回味无穷，倍感美好。

（吉振峰）

漂亮苹果

  记得刚入秋时,大地葱绿,万物竞芳,苹果还只是个不起眼的毛丫头,除了与百草一般的绿外,再没有别的颜色,更无一丝韵致。天渐凉,一个个苹果如同进入了青春期,渐渐丰满起来,挂上了一片片红晕,现出娇羞态,隐在绿叶后,半掩芳容,似情窦初开的少女般,腼腆矜持,又情不自禁。我经常站在果园里傻想,若是有个俊朗青年突然走过来,一声情歌,说不定会吓得无数个苹果像含羞女孩般花容失色,一起惊叫着藏到树后,几声笑语,说不定又会引出满园天真烂漫的欢笑。到了深秋,天气已有寒意,百草衰微,落叶飘零,苹果却一天一个样,像在汇聚着天地精华,精心地妆扮自己。夜晚,星月映照,露珠洗濯,雾气弥漫。白天,阳光普照,云蒸霞蔚,暖风吹拂,在这一冷一热中,苹果长大了,颜面上的红晕一天比一天鲜艳,红彤彤的在秋风中顾盼巧笑。清晨,太阳出来了,挂着露珠的苹果更加容光焕发,格外靓丽,一个个都活生生的,似已动情,想要倾诉着什么,浑身上下散发着一种掩不住的春情。所有的人都明白,苹果成熟了,到了该出阁的时候。

  接下来的日子里,空气中到处飘散着苹果的馨香,就像要为儿女操办婚事一样,人人都在谈论着苹果,人人都在为苹果忙碌。我上小学的女儿,也被苹果感染了,整天除了把苹果挂在嘴上,还聚精会神地照着我拿回的苹果画一幅静物画。大概女儿心目中的苹果是另一种样子,画面上的苹果充满童趣,圆圆的,胖胖的,涂着浓重的色彩,显出一副稚拙顽皮的神气，活脱脱一个农村小女孩的模样。不能说女儿画得不好，苹果的娇艳用线条和色彩本来就是很难表现出来的。后来，我又找了些名家的静物画为女儿做参考。我发现，这些名家画的苹果，并不比女儿画的高明多少，苹果的色彩被他们画出来了，韵致和风采也尽善尽美，但苹果给人的那种幸福和满足感，没有谁能表现出来。

　　成熟了的苹果，靓丽鲜美，光彩照人，像个初嫁的新妇，洞房花烛，闲人散去，悄悄地掀起盖头，赧然浅笑，情意缠绵，被看一眼，立刻娇容生辉，氤氲出满面红晕。有两天，我甚至忘记了这仅仅是只苹果，小心翼翼地把她供奉在电视机上。晚上，电视里正在播模特大奖赛，望着那些千媚百态的美女，我老觉得那只苹果也在眼前晃动，那么妩媚娇艳，似欲跳下，和着乐声，款款走来，要与电视里的那些模特比比看谁更美丽。

　　和那些模特经历了层层挑选一样，这只苹果也是我特意从无数个苹果里挑出的，不知道是不是最完美的一个。当初，我是按果商规定的标准挑选的，对果面、形状、色泽、个头，都有严格的要求。现在若用选美的标准去衡量，她不知道能不能当选。我再次打量着这只苹果，她的胸围、身高、肤色、气质，都完美无瑕，若能走出猫步，扭动腰肢，不知评委们会给怎样的分数。

　　现在，电视机上的苹果，被我放在了书桌上，书房里，果香幽幽，沁人心脾，在灯光的照射下，这只苹果更加动人，细嫩的果面，若处子的肌肤，莹润如玉，吹弹得破，让人生出怜香惜玉的念头。苹果旁边，是一本日本作家川端康成的小说，我在想，川端康成用他那秀丽的笔，能写出苹果的美丽吗？

赏析

本文短小精悍却情思浓郁。

作者选取一枚苹果作为主人公，通篇运用拟人修辞手法，记录了一个苹果的"成长与成熟"。从苹果还是一个"不起眼的毛丫头"谈起，继而谈到其"进入了青春期"，"腼腆矜持，又情不自禁"；然后欣喜于其"汇聚着天地精华，精心地妆扮自己"；乃至终于等到其在斗转星移间蜕变成熟，"靓丽鲜美，光彩照人"。作者完全将苹果当作自己心爱的女儿，以肯定、热爱之心来写苹果，伴随苹果每一次变化，作者的欣喜与欣赏随之溢出笔端。

整篇散文构思独特，文采飞扬。四字叠句，韵律和谐，用语华丽，辞藻动人。

正如本文的题目《漂亮苹果》，"漂亮"二字不光是作者对于苹果外观的直接描述，更是作者心中对苹果之美的由衷赞叹与深度喜爱；而这苹果的"漂亮"，在作者本人看来，更是画家画也画不出、作家写也写不了的极致之美，更进一步反衬出苹果的美与作者的情。

此篇散文中，处处彰显出作者对于苹果的喜爱，在一定程度上透露出作者一以贯之的对于乡村深厚而挚切的情感。苹果是作者乡村情结的一个具体物化，作者的散文创作有着清晰而浓厚的乡村文化色彩，乡村不仅是作者心灵的休憩所在，也同样是其美学风格的寄托之地。

（吉振峰）

苹果的滋味

　　家乡盛产水果，杏、桃、苹果、梨、枣、李子、葡萄、石榴应有尽有，最负盛名、产量最大的是苹果。每年深秋，田野里到处挂满红彤彤的苹果，如果开车拐进田间路，不用下车，伸手就能摘到。到了采摘季节，果园地头堆满苹果，若一团一朵的云霞铺在地上，绚烂得令人心醉。一筐筐拉回去，农家院就被渲染成红彤彤的颜色，处处果香飘逸。人的味觉就被淹了，麻痹得没有感觉，便看轻了苹果，家里来了需要招待的客人，宁可从乡村超市买来香蕉、橘子、橙子等南方水果，也不好意思用苹果招待客人。即使与家乡出产的其他几种水果相比，苹果也太平常，到了让人轻贱的地步。

　　每年苹果采摘后到五一节前，我家里从不断苹果。有乡下朋友来，进门就扛着一大袋。去乡下走亲戚，离别前，一定要往后备厢里塞几箱。苹果多了，妻子想办法吃，除了鲜吃，还做苹果粥、苹果饼，一度还自制苹果罐头、苹果脯。那段时间，我甚至对苹果产生厌倦，联想起年轻时的红薯。20世纪70年代，为弥补粮食不足，曾以红薯替代口粮，田间大量种植红薯。为欺骗肠胃，蒸、煮、烤、煎、烙，无所不用其极，还有红薯饼、红薯馍、红薯汤，连炒菜也是红薯，直吃得人肠胃发酸，干呕不止。现在，红薯被誉为养生食品，无论再好，经历过那个年代的人，看也不愿看一眼，吃伤了。如今，我对苹果也是这种感觉。这几年，苹果价格起伏不定，便宜时，贱得连萝卜、白菜也不如，拿这种东西招待客人，岂不是怠慢？

以前也很喜欢苹果，栽植过几亩苹果树后，艰辛的劳动和咸涩的汗水，戕害了我与苹果的感情。那几年苹果价格极低，对苹果的沮丧，替代了苹果本身，以后，再也尝不出滋味，看见它就发愁。我想，伊甸园里，夏娃若像我那样对待苹果，一定不会偷食。

　　妻子很喜欢吃苹果，家里淡黄色的果盘里，总放几只，客厅时时有淡淡的苹果香。放在果盘里的苹果很漂亮，红扑扑，若村姑晕红的脸。轻轻旋去果皮，如脱去衣衫，肌肤娇嫩，水灵灵，很性感。一天，见妻子吃得惬意，也放一块入口，苹果特有的滋味先在舌尖上停留，感动了味蕾，渐渐氤向口腔，香甜中略带酸味，味道竟那么绵长，小口吃下去，有一种心灵的愉悦。

　　我又找回了苹果的滋味。再吃苹果，像品尝美酒般，同样品种的苹果，采摘时间不同、产地不同，能品尝出不同的味道。

　　朋友老吴是个苹果栽植专家，在我们家乡享有盛名，看他务弄苹果，像对待亲人，百般呵护，充满了感情。施肥、灌溉、疏花、疏果、套袋、铺膜，周到精心，无微不至。秋天，走进他的果园，一只只苹果垂在枝叶下，个头匀称，乖巧可爱。深秋，霜露降落时节，他先为苹果脱去裹了一夏天的纸袋，将苹果娇嫩的肌肤露出来，清晨，享受雨露滋润，中午，沐浴阳光朗照。不几天，还裹在塑膜袋里的苹果晕红了脸，老吴像伺弄婴儿般，将果实一个个转动，让每个方向都享受阳光。渐渐，苹果通体红了，楚楚动人，娇艳欲滴。一天，我与一干朋友去老吴苹果园，面对满园漂亮的苹果，竟不忍下手摘，老吴也并没有为每人拿一只，他的吃法很别致，拿出一只苹果，并不削皮，用小刀切成薄薄的小牙，整只苹果并不散开，皮肉相间，红白分明，再备好牙签，放在一只白色细瓷盘中，端给我们，还没有入口，已有视觉享受。老吴说："这样吃，才是对苹果的尊重，才能吃出味道。"果然，插一块苹果入口，质地酥脆，清凉甘甜，入口即化。

我并不适应这种情调，最喜欢的是站在树下，随手摘来品尝。经营苹果园那几年，我遍尝过不同生长季节、不同时间段的苹果。果花刚落，苹果毛茸茸，绿中带紫，还没有手指头蛋大，尝一颗，干涩，略带点苦味。此后，苹果进入膨大期，涩味一点点减少，水分一点点增多，果胎渐渐长大。摘一只品尝，有种青涩的味道，走在茂密的果树行里吃，伴着田园风光，口味酸涩，如同品味庸常的生活。不同季节的苹果，早晨、中午、下午、傍晚品尝，又会有不同的滋味。清晨，晨露未消，苹果光鲜润泽的肌体上露珠晶莹，摘一只入口，先有种含英咀华的感觉，仿佛天地之气都纳入口中。伴着咬嚼声，苹果的滋味更加甘美，带着田野的味道。中午，夏天的阳光高悬，一只只苹果躲在枝叶之间，困倦慵懒，好像打着长长的哈欠，这时候品尝，味道是干涩的。下午，被阳光暴晒了一天的苹果，更加乏困，这时的苹果滋味最不好，入口，带着阳光的味道，干硬，能吃出渣来。傍晚，天渐凉，露水上来，树叶、果实，连枝干都湿漉漉，月光下，苹果容光焕发，面容饱满，这时候品尝，水分充足，带着夜的滋味。

不同的心情，苹果的滋味也不相同。苹果成熟季节，乡间女人进果园劳作，从不带水。口渴舌燥时，随手摘下一只，用衣襟抹抹，大口咀嚼，那时，苹果仿佛格外甘甜清凉，会让人惬意得闭上双眼，如同爱人抚慰。心情烦躁时，又是另一种情景。曾经见过一位女人吃苹果，狠狠从枝头拽下一只，张嘴咬去，果面上立刻出现个大豁口，带上牙齿咬痕，随后，三下两下，苹果就被啃得惨不忍睹，成为一个发黄的核。女人并不解恨，随手狠狠朝远处扔去。我想，她一定遇到烦心事。一问，果然与男人拌了嘴。

我吃过的滋味最美的苹果，是果园采摘之后留在枝头的几只。初冬，天气变冷，尚未上冻时走进果园，树上已无果实，树叶渐枯，残枝摇曳。突然，一只红艳艳的苹果出现在树梢，在寒风中轻轻晃动。

那是果农采摘时遗漏的果实,或者,明明看见了,树太高,人又太疲乏,心一松,那只苹果就留在了枝头,孤零零高居枝头。之后,不知经过了多少风霜雨露,吸取了多少天地之气,终于出落得成熟娇艳。攀上去摘了,细看,果面上果然带有风尘,随手抹了。入口,有种饱满的甘甜,将苹果的滋味表现到极致,可浸入骨髓。

  每年苹果采摘后,果农并不舍得直接出售,先堆在地头,或拉回家中,精心挑选,去袋套网,装箱入库。挑选后的苹果,无一丝损伤,无疤无痕,光洁鲜亮。在恒温库里度过一冬后,春节前拉出来上市,有的会存到五一前后。这时的苹果,口味与刚采摘时绝然不同,刚入口,清凉甘甜,慢慢品味,就尝出了异样,没有了新鲜,也没有了刚离枝头的果酸味,带上了风尘气。

  若带回家,放上几天,果香味会不时诱惑人,果实本身却一点点失去甘甜,味道渐渐寡淡。口感渐渐发面,吃时难免心生感慨。难道苹果的滋味会因时而变?在这种非采摘季节,还是受些委屈吧,能有苹果吃,已是享受。因为苹果是一种有个性的水果,带着高冷的气质。

赏析

  "苹果的滋味"是什么样子的?对于作者来说,不仅仅是清脆可口的香甜,也不光是生硬酸楚的青涩,而是复杂而浓厚、悠久而绵长的多重滋味。

  在这篇散文中,作者为我们描述了苹果的无数种可能:它可以是因随处可见而让人看轻看贱的家乡土特产,它也可以是包装高端价格昂贵的柜台待售物;它不仅可以做成苹果粥、苹果饼、苹果罐头和苹果脯,成为家中厨房的百搭神器,而且也可以在苹果栽植专家手里被细致地切成皮肉相间，红白分明的艺术品，获得一种虔诚的尊重；并且因采摘时间不同、产地不同，苹果的滋味便不尽相同；而在不同的季节，苹果的味道也各有特色；甚至在"早晨、中午、下午、傍晚品尝，又会有不同的滋味"。文中描述了苹果的各种味道，也渗透出作者对于苹果的复杂情感。

对于作者而言，品味苹果的味道就如同品尝美酒，它不乏入口的酸涩，但最终仍会被其醇香所击中，为之陶醉。作者对于苹果滋味的探究，是鉴赏型的品尝，不断琢磨不断尝试，在喜与厌中来回踱步，陶醉其中，回味悠长。

而品尝苹果的滋味，恰似品尝生活的味道，品味人生的感觉；苹果的不同味道正是人生的五味杂陈，选择最适合自己口味的苹果正如同选择我们自己想要的生活。

（吉振峰）

做一只苹果

一个夏日的午后,太阳已经收敛了炽烈的光,变作一个红彤彤的圆盘,西边的天际一片火红。天气仍然很热,果树间没有一丝风。晚霞映照中,满园的苹果都若淑女般,娴静优雅地排列在树枝上,在绿叶间熠熠生辉。我围着果树忙碌,要做的活,是给被苹果压弯了的树枝撑上一根支柱。隔着几行茂密的果树,二子也在干同样的活,不时和我说几句话。因为看不见人,二子的声音高昂雄壮,每一句话都像在喊。听起来,二子很快活,好像遇到了什么高兴事。其实我也很高兴,望着压弯了枝头的苹果,谁都会高兴的。再说,硕壮美丽的苹果还会让人产生出美好的遐想。一只高处的苹果,碰到了我的头,仿佛在提醒我注意似的,我顺从了它的意愿,结果,我看到了一只更为美丽的苹果,这令我想起了塞尚那句著名的话:做一只苹果,做一只苹果。

我干活的四周,到处是苹果树,都结满了红彤彤的果实,再远一些,隔着一片空地,还有桃树、李树和石榴树,同样都在晚霞的映照下五彩斑斓,果实压弯了枝头。我是几天前从一篇散文中读到塞尚这句话的,散文的作者就是写《查泰莱夫人和她的情人》的英国人劳伦斯。就像许多人没弄懂查泰莱夫人为什么会那么多情一样,我也没弄懂塞尚这句话的真正涵义。我不明白这位小个子的法国画家为什么会朝他的女模特大喊做一只苹果,而不是做一只李子或桃子,也不明白他为什么要模特变成苹果,而不是把苹果变成模特。我还想到了如果扭捏作态的女模特真的像塞尚要求的那样，做一只苹果，会是什么样子。我专门翻了画册，看了塞尚的几幅静物画，塞尚画的苹果果然气度不凡，一个个都雍容大度，像无忧无虑，超然物外的人。不过，一走进苹果园，我就觉得塞尚的苹果，无法和我眼前的苹果相比，挂在枝头被晚霞映照的苹果，比塞尚静物画里的苹果要真实生动得多。

　　塞尚只是按照他的艺术观点去要求模特的，他想要模特做一只苹果，其实是要模特平静自然，无思无想地表现出一个人，或者是一个女人的本色来，却又不自觉地让模特失去了自己的本色。五光十色的大都会巴黎，怎么会有与苹果一样的模特。劳伦斯很欣赏塞尚的画，说塞尚的画大都具有苹果气质。我按照塞尚的要求，直觉地再看了一眼遍地的苹果，却没有看到苹果像劳伦斯所说的那样，像动物一样在眼前活生生地变化，它们仍然像我没有想起塞尚的话以前那样美丽。我明白，我只是个凡夫俗子，不可能像塞尚要求的那样，摆脱理性的桎梏。我眼前的苹果，永远都只能是苹果，人也永远只是个人，不可能在直觉下发生变化。

　　太阳落下了，地里有了潮气，一只只苹果都挂满了露珠。我从塞尚的画中醒了过来，奇怪自己为什么手里做着与农夫一样的活，却在想着艺术家的事，不知道那面二子这会儿在想什么，好长时间没听到他的动静了。正想高声问，那面二子吼了一声，是随口唱出的梆子戏。看来二子是在一边给苹果树撑枝，一边享受着苹果带来的快乐，他一定是带着满脸的微笑干活，把心里想的统统都表现在脸上，没有一丝做作。这大概就是塞尚说的做一只苹果的意思。二子是一个地道的农民，二子在干活时，从不想自己要变成什么，二子就是一只塞尚的苹果。因而，二子是幸福的。这一点，我就做不到，再一次在静谧的苹果园里干活，肯定还会这么胡思乱想。

本文以塞尚的名句"做一只苹果"入题,思考了如何存在的命题。

谈及"苹果",有人会想到牛顿的万有引力定律,有人会记起亚当与夏娃的伊甸乐园,抑或还会有人想起乔布斯的商业帝国。而作者在果园中被"一只高处的苹果碰到头",继而想到塞尚所说的"做一只苹果",进而引人深入思索。

塞尚的绘画理念是"通过描绘静物来描绘宁静",依赖饱满的色彩、精准的笔触,追求一种有质地的艺术画面。但这位现代主义绘画之父或许并未像作者一样在苹果园里劳作品味,用眼去观赏苹果的姿态,用手去触摸苹果的灵动,用耳去倾听苹果的呼吸。作者扎根果园的底气使其自豪说出"我就觉得塞尚的苹果,无法和我眼前的苹果相比,挂在枝头被晚霞映照的苹果,比塞尚静物画里的苹果要真实生动得多"。作者赋予了苹果太多的情感和故事,因而让他笔下的苹果变得与众不同。

塞尚画布上的苹果与作者笔端的苹果是两种不同的存在形式,相较于塞尚的静态画,作者描写的是有生命的苹果,是倾注血汗与情感的苹果。随着作者对苹果的感知,读者可以看到一种独特的苹果。

本文用词讲究,语言精致。作者透过故事的表层描述深入到作品叙事结构的内层,而且透过作品的叙事结构触摸到更为深广的人生观价值观问题,体现了其思想的厚重。

(吉振峰)

苹果与女人

第〇辑

少女故事

太阳明晃晃得刺人眼
我感到古堡渐渐变成了一条船
在满眼的沧桑中摇晃
站在船头
古朴肃穆的气息像浪花一样涌动着
一波一波朝人扑来
巷里每一家都门户大开
石块垒成的院墙
被岁月染成土黄色的房屋
浓重的烟火味
把每座院子都弄成个古老神秘的所在

将军故居旁的女孩

这是山西南部黄河岸边一个叫安昌的小村,看见那个小女孩时,她正在一堆泥土旁玩,一身红衣裳,小脸脏兮兮,玩得十分投入。

初冬明丽的阳光把小巷照得暖洋洋,两个男人在砌一面砖墙,叮叮当当。隔着一条大路,几个花花绿绿的女人坐在门前的台阶上,悠闲地剥着手里的棉花,突然浪声大笑。小女孩抬起头,朝那边看一眼,又弯下腰刨土,她很忙。

从小女孩玩的土堆往前走十几步,是宽阔寂寥的黄河滩,河滩上荒草萋萋,在寒风中抖动出一种悲凉的气息。远处,黄河亮亮的,从雾霭中划出窄窄一撇。河风吹来,小女孩的头发被旋出蓬松的波浪,一个女人在门里喊:"花,花。"砌墙的男人说:"花在这里耍呢。"女孩并不理会,继续做她的事。

女孩身后没几丈远,有一座残存的门楼,已经没了顶,高高的砖墙直直戳向蓝天,砖雕匾额上刻着两个字"福临",让人想起了庸常的农家生活。门楼旁的砖墙是新砌的,嵌着一块石匾,上面的字让人对这座败落的农家院落肃然起敬:"山西·安昌·傅作义故居"。大门紧锁,我和朋友站在门楼前,长时间仰望,却进不了大门,那边一个女人高声喊:"钥匙在隔壁院墙上挂着呢!"我走了过去,隔壁院内也没人,西厢房墙上果然挂只孤零零的钥匙。开了故居大门锁走进去,正面是镶在西厢房山墙的土地神龛。拐过一道弯,进了二门,再次感叹房屋的简陋和院落的狭窄。院子里只有一排西屋,是晋南常见的那种单坡檐房，像一个高高撅起的屁股，这一带把这种房子称为撅尻子。院子极窄，不足两丈，没有东房的位置，西房进深仅七八尺，却显得十分空旷，无任何摆设，光线晦暗，正面墙上挂的傅作义将军像，方脸大眼，一身戎装。另外几张分别是将军与夫人、女儿的合影，看见这几张像，会知道，这里的确是傅作义将军的出生的地方。一个男人走进来，六十多岁，叫傅金国，是傅将军的侄儿，一位退休教师，指着南边门房的位置对我们说："傅将军是在那面的房子里出生的，现在房子已经塌了。"

正午的阳光洒满这座简朴的院落，一个身影猫一样怯怯朝前移动，在阳光下晃晃不动了，是那个叫"花"的小女孩。她显然不明白这座终年大门紧锁的破院子里有什么好玩的，一双黑亮的眼睛，紧紧盯着几个兴致勃勃的陌生人。傅金国在向我们讲傅将军的童年生活，讲百灵庙战役、涿州战役、长城抗战。壮烈的场景在我们眼前一幕幕再现。女孩似乎也很专注，她感兴趣的是我们手里的相机，见我们望她，灿然一笑。然后，悄无声息地跟着我们在小院里走动。她很快失望了，几个了无生趣的大人，一座破败的院落，没什么好玩的，真没什么好玩的，她扭过头蹬蹬地跑，小腿迈动得很快，十分着急。她想起了更好玩的事。

院子北边还有几座新立的碑，内容是傅家族谱，小女孩是傅家的多少代人？我们没看，她自己也不感兴趣。

院子太小，很快便参观完了，走出大门，我们朝黄河滩方向走去，那面有一棵粗不能抱、伤痕累累的大槐树，下面一座碑，记载着这棵树不同寻常的历史。当年，日军攻占这里后，为报复正在前线作战的傅将军，曾在这棵树下进行了残酷的杀戮，不知有多少傅姓族人在这棵树下悲惨死去。如今，苍老的树干上战刀斫痕仍清晰可见。

那堆黄土也在树下，一个男人拎来桶水，"哗"倒进去，用铁锹

翻腾几下，黄土变成了泥浆。女孩小脸儿绽开成一朵花，迈开小腿跑回家里，再出来时胖乎乎的小手上多了柄玩具状的小锹，与旁边的男人一起翻腾着泥浆。男人呵斥"花，别捣乱！"女孩头也不抬，端起小锹上的泥浆朝砌墙人走去。

男人把铁锹插到泥浆里望着女孩笑，女孩也望着男人笑，很得意的样子。她并不认为拿在手里的是一件玩具，那也确实不是玩具，而是一种工具，通体用熟铁锻造，叫炭锹，往灶膛里填炭的工具，锹头尚不及巴掌大。晋南女人做饭时，一手呼塌呼塌拉动风箱，一手持炭锹，把煤炭一点点添到灶膛里。在她看来，这柄炭锹与爸爸手里的那柄锹没什么区别，一样可以和泥，铲土。有了这柄炭锹，她轻而易举地驱走了童年的孤独，成功地与她年轻的爸爸结成了劳动伙伴关系。

在乡下的孩子看来，这是一种最便捷，最容易得来的玩具，一柄炭锹在手，可挖土，可和泥，大人干活的各种动作都可任意模仿。看见女孩手里的炭锹，我好像看到了童年时的自己，想来在这黄河边的大槐树下，傅将军当年也用炭锹玩得不亦乐乎。

小女孩才三四岁，不可能知道她的东邻曾经出生过一位大名鼎鼎的人物，不会知道那座破败老宅的意义，更不会知道这棵老槐树下发生过什么事，她玩得很投入，傅将军当年一定也玩得很投入。

黄河岸边的阳光温暖而明丽，小女孩玩累了，一身泥土，一双黑黑的眼睛，坐在门前的砖台上，目送着我们这些陌生人离开了她的视野。

赏析

作者是在去参观傅作义将军故居时偶遇的这个小女孩，作品一开始，就通过小女孩的视角，一步步将画面推向将军故居。

"从小女孩玩的土堆往前走十几步,是宽阔寂寥的黄河滩,河滩上荒草萋萋","女孩身后没几丈远,有一座残存的门楼"。作者在将军故居的周围环境以及小女孩与整个故居的地理位置上着墨不少,"一切景语皆情语",让读者能够很快地将自己置身其中。败落的农家院,西厢房墙上孤零零的钥匙,以及进了二道门后依旧狭窄的院落,都和后面这位将军的百灵庙战役、涿州战役、长城抗战等壮烈形成了鲜明的对比。虽然整个故事中的小女孩似乎和将军故居毫无关联,对这里发生的故事也不甚感兴趣,拿着她的小锹玩着泥巴好不惬意,但作者笔锋一转,"她玩得很投入,傅将军当年一定也玩得很投入",又将这位不知道第几代的傅家后裔与战功赫赫的将军联系到一起。就是这简单的一笔,使文章达到了形散而神不散的至高境界。

文章虽然没有太多华丽的辞藻,也没有从作者的视角去交代这位将军曾经的赫赫战功,而是通过傅将军侄子之口去交代这件事情,但正是这样的出其不意,才更引人深思,发人联想,淳朴的文字才产生出感人的力量。

(姬雪峰)

> 姬雪峰,中学高级语文教师,县级教学能手,临猗县高考功臣,运城市优秀班主任,临晋中学工会主席、监察室副主任,临猗县作家协会副秘书长,在多种报刊和网络平台发表文学作品若干。

山里的孩子放学了

　　结束在这个山村采访时,已是夕阳西下。我们正在和村长握手话别,身后不远处,村小学放学了。一群孩子从校门口涌出来,叽叽喳喳,又跳又蹦,清静的山村顿时有了生气。一个家住在学校门口的孩子一溜烟儿跑回家,转眼工夫,又捧一大碗饭出来,站在门口,大口大口朝嘴里扒,一脸的乐。远处,他的同学还在巷里走。

　　一个个孩子都进了家,越往前走,巷里的孩子越少,最后只剩下两个,一男一女,都只有十岁左右的样子,一直朝村外那条崎岖的路上走去。

　　我们的汽车颠颠晃晃地超过了他们,很快又停下来。我们到这贫瘠的山区来,是要采访这里的饮水解困情况,路上有几处新修的工程,需要我们不时地停下来看看。两个孩子第一次超过我们时,同行的作家小鲁招招手,和孩子打招呼,问:"放学了?"小男孩闪着大眼,咧嘴一笑,并不回答,撒腿向前跑去。小女孩望着几个陌生人,羞涩地笑着,一愣神,发觉同伴已在远处,急急追去,书包哗哗响,小辫在脑后急遽地甩。

　　司机是当地人,对我们说:"这是前面村子里的两个孩子。"我问:"怎么才两个学生?"

　　司机说:"那是个很小的村子,离这里差不多有十里路,孩子每天要走一来回,早出晚归,很辛苦。"

　　太阳挂在了山巅,西天一片火红,山里的深秋,泛起阵阵寒意。

那条路白白的，散落着几片秋叶，两个孩子映在霞光里，一左一右，走在路两边，中间空出两道深深的车辙，一直通向远处。

我们要看的工程是利用世界银行贷款修建的旱井，都在路边，看完一处，再坐上车往前赶，两个孩子已经走出了很远。还是一边一个，红衣服的小女孩在右，蓝衣服的小男孩在左，始终保持着路宽的距离，又始终并行，甩着手，一晃一晃，好像谁也不说话，就那么默默地往前走。汽车又赶上了两个孩子，女孩句后望一眼，男孩也望一眼，相视一笑，似乎笑我们的小汽车还不如他们走得快。但汽车还是从两个孩子中间穿过。小鲁好像发现了什么，指着窗外对我说："你看那个小男孩！"我也早看出了那小男孩有些异常，经小鲁一指，才发现那男孩的背隆得很高，好像有些残疾。一时，车里谁也不再说话，气氛有些沉重，大家都在为那小男孩痛心。

路旁的土崖上有一座新修的水塔，我们的车又停了下来。登上崖畔，几个人都心不在焉，还牵挂着那两个孩子，不断望来时的路。大约过了有十分钟，白晃晃的一道坡梁上，出现了两个孩子黑黑的头，渐渐是全身，越来越清晰，越来越逼真，仍然走得那么从容，不急不慢。几个人如同终于等到亲人一般，一起跳下了崖畔，满面热情地朝孩子跑去。两个孩子一脸惊愕，像碰上了劫路的，停住了脚步，站着发呆。小鲁看出了孩子的惊恐，又一次和孩子打招呼，问小男孩："你怎么不背书包，没作业吗？"小男孩顽皮一笑，突然撅起屁股，把上衣后摆往上一翻，背后赫然露出一个大大的书包，马上又直起腰，一蹦一跳地从小鲁身边跑开。小鲁乐得大笑，说："这小子，一看就是个调皮鬼。"

两个孩子再次和我们拉开距离。司机说："这些孩子早晨上学，天冷，要穿厚一些的衣服，中午热了又得脱下来，看这样子，肯定是临放学时，才急匆匆穿上的，要不怎么能把衣服套在书包上。"

  这时,我的手机响了,是小女儿从数百里外打来的,没什么事,只是想爸爸。小女儿比眼前这两个孩子大一两岁。在离家三百米远的一所学校上学,有宽阔的柏油马路。这会儿大概也是刚刚放学回家。

  渐渐有了暮色,远处,两个孩子的身影开始变得模糊,还是一边一个并排走,中间的路还是那么白白的路。我猜想着明天早上两个孩子上学的情形,那时,天一定才蒙蒙亮,一位中年妇女早早起了床,一遍遍地叫起了贪睡的孩子。然后给小女孩梳好了小辫,又往书包里塞上准备好的食物,不停地嘱咐着要好好学习之类的话。小女孩早急了,不等女人唠叨完,便甩着小辫快步跑到村头,等顽皮的小男孩出来后,相视一笑,又左右分开,一起沿着这条白白的路,迎着朝霞,朝远处的学校走去。

  我们的汽车又一次赶上那两个孩子时,他们正好走进村子。一面山坡上,零零散散地坐落着几户人家,炊烟缭绕,一只黄狗从山坡上的人家里窜出来,围着小男孩欢快地跳,小男孩向我们这边望了一眼,拔脚朝山坡上跑去,黄狗一个箭步蹿到了小男孩前面,回过头汪汪叫。不等我们走远,小男孩已经站在了崖畔,朝我们挥手,喊:"哎——"稚嫩的童声,在山间回荡开来。

赏 析

  一条白晃晃的土路,两个相伴同行的孩子。这样的场景乡下孩子都经历过,平常得再不能平常,却被作者描写得生动细腻,感人至深。一开场,先是一幅"叽叽喳喳,又跳又蹦"充满生气的山村放学图景,离家近的小男孩已经狼吞虎咽地吃上热腾腾的大碗饭,看似简单的一个场景,实则与后面遇到的两位故事的主人公形成了鲜明的对比，更显得两位孩子上学路之崎岖孤独。

　　接着两个孩子进入了我们的视野。作者将场景铺排得很开，山区的秋天，落日余晖，几片秋叶，阵阵寒意，深深车辙和白晃晃的路面、长长的斜坡，两个孩子走在这样的路上，孤独、苍凉感已蕴满纸面。

　　如果只是以此窥探乡村孩子上学之艰难，未免太落俗套。作者的笔触每次碰到两个孩子，都是欢快的，就连"男孩的背隆得很高，好像有些残疾"也只是男孩的调皮。最后，围着孩子蹦跳的黄狗，站在山崖上呼喊的男孩，都好像是欢乐的场景。但是，读过之后，给人留下的是淡淡的哀伤和绵长的思考。这可能就是作者写景、写人要达到的目的。

　　本文写景写人，笔致细腻，以大场面陪衬小人物，以欢乐反衬哀伤，这种写作手法的娴熟运用，是本文最鲜明的艺术特色。

（姬雪峰）

古堡里的女孩

这是长城脚下的一个村庄,名字威风八面,叫杀虎堡,在山西与内蒙古交界处。走进堡内,看到的却是一派平和景象。夏日毒烈的阳光把不远处的长城、村口的烽火台连同高大残破的堡门,都晒成一副倦怠的样子,仿佛在眯着眼打盹。一位老人靠墙坐在屋檐下,很远就把目光探过来,直直地望着我这张陌生的面孔,没牙的嘴张成了个黑洞,又合上,努成山丘,脸却皱成了网状的沟壑,我走过去打声招呼:"老人家,凉快呀?"

那张嘴又张开了:"凉快,这狗日的太阳,能把人晒死!来看看?"

"看看,这村子很古呀?"

"是古,两千年了吧,有长城就有这村,康熙爷还住过呢。"

我继续往前走。太阳明晃晃得刺人眼,我感到古堡渐渐变成了一条船,在满眼的沧桑中摇晃,站在船头,古朴肃穆的气息像浪花一样涌动着,一波一波朝人扑来。巷里每一家都门户大开,石块垒成的院墙,被岁月染成土黄色的房屋,浓重的烟火味,把每座院子都弄成个古老神秘的所在。我当时的样子一定像个意欲行窃的贼,在一家家门口探望着,企图用眼睛和手里的相机把院子里突突往外冒的古朴之气一掠而去。

这时候,那座院落在晋北干热的空气中,弥漫出一种特别的气味,让我一阵窃喜。几秆鲜艳的向日葵,石片垒成的矮墙,黄泥抹的门楼，亮着白茬的门扇，都告诉我这是一户不寻常的人家。还没进门，已经发现大门两旁当石凳用的石碑上，竟刻有"大清乾隆"字样，这真是宝藏了，匆匆浏览一遍，还没等看明白。又隔墙望去，几间低矮的房屋透着晋北特有的建筑式样，镂花的窗棂和带有础石的明柱，都说明这是一座古老的院落。那时的心情，就像望见了大堆的珠宝一样心花怒放。院子里静静的，大门洞开，我故作镇静地走进去。

一条黑色的大狗汪汪叫着扑过来，像中了埋伏一样，我大惊失色，落荒而逃。狗在我身后叫得更加肆虐，张扬中透出不满，仿佛即将大胜的将士突然听到了收兵的鸣锣。惶惶然站住回头望，那条狗被一个女孩死死拉着脖子上的项圈，奋力往前蹿，好像为不能行使看家职责愤怒不已。

女孩拉着狗大声呵斥："大黑，怎么不听话！"

被称为大黑的狗仿佛认定了眼前这个背着皮包拿着相机的人是个居心不良的坏蛋，又似乎对它的威慑力得意非凡，汪汪的叫声更加肆虐恐怖。"怎么这么不听话"女孩像斥责小弟弟一样。狗还在往前蹿，眼看拉不住，女孩索性把狗拦腰抱起来。那狗人一样站立着，露出肚皮上发白的皮毛，两条前腿若指挥棒一样节奏感极强地在空中挥舞，为自己的吼叫搅动出了旋律。

女孩十岁左右，清丽俊秀，明眸皓齿，拦腰抱着愤怒的狗，像抱着一位发了脾气的小弟弟。望着我，眼里充满着期望的神情，说："进来吧，没事，大黑不咬人。"

我不明白这女孩为什么真诚地邀请一个陌生人走进她家，也不明白那条叫作大黑的狗为什么对我怀有如此的仇视。提心吊胆地在狗的吼叫声中走进院子。院子里很零乱，房屋简陋而又破旧，我企图从屋里的陈设中窥探出主人的生活方式。看到我要进屋，那狗叫得更加狂躁，暴戾的声音把祥和的农家小院搅得险象环生。女孩一直抱着狗站

在大门口,默默地望着我在院子里走动。我在好奇地打量着她的院落,她也在好奇地打量着我,那双明亮的眼睛春水般澄澈。

房屋不是我想象中的明清建筑,低矮的屋檐,泥抹的土墙和屋里简单的陈设,只能说明主人生活的贫困,除此,吸引人的只有满院浮动的农家气息了。

狗还在叫,被女孩紧紧搂在怀里,动弹不得。

我朝大门口走去,女孩显得很失望,说:"走啊?"

我挥挥手说:"小朋友再见,走啦!"

狗露出尖利的牙齿,朝我发出低吼。

女孩拖着狗站到我身前,问:"你是从太原来的?"

我不明白女孩为什么这样问,说:"不是,我是从运城来的,路过太原。"

女孩说:"太原很远吧?"

我说:"远,有好几百里路。"

女孩说:"我和爸去过右玉县,也很远,要坐好长时间汽车。"

我就是一个小时前刚从右玉县城赶来的,一共有四十多公里的路程,用了五十多分钟。对一个十岁左右的乡村女孩来说,这大概是个遥远的距离,我说:"等你长大了,让你爸领你去太原、北京。"

女孩说:"我爸就在太原打工,我想让我爸回来。"

我一下子明白了女孩为什么一开口就问我是不是从太原来的,太原可能是她最熟悉的城市,也是她感觉最亲切的城市,她可能觉得太原就像他的村子一样,人人相识,因而,对每一个来这里旅行的陌生人都这么问。我问:"你爸多长时间没回来了?"

女孩说:"过了年走,再没回来。"

我再问:"你妈呢?"

女孩说:"上地干活了。"

我不知道该对女孩说什么，因为我不可能对女孩有什么帮助，只能再次挥手和女孩道别，说："好好上学，等着你爸回来。"

女孩瞪着明亮的眼睛说："我爸来信了，说他过年就回来。"

远处的长城，近处的烽火台依然在阳光下显出困顿的神情，在女孩和狗的注视下，我离开了。巷当中，那位老人还坐在阴凉处打盹。回头望去，女孩依然站在门口朝这边望，狗不叫了，围着女孩乱窜。

赏析

作品一开始，先写夏日毒辣的太阳，寥寥几笔，便让读者觉得火辣辣的炙人。加上与老翁的对话，让人不禁想跟着作者去感受一下这座长城脚下的古堡。

两千年历史的古堡在作者笔下神秘古朴，庄严肃穆。一句"康熙爷还住过呢"更引发了它的神秘感。石片垒成的矮墙，黄泥抹就的门楼，亮着白茬的门扇，皆不同寻常。石碑上"大清乾隆"字样，院子里凶神恶煞的大黑狗，都让人感到，这里不是可以随意闯入的去处。突然跳出来的小姑娘改变了整个故事的走向。她莫名其妙的热情、对大黑狗的呵斥和对陌生人造访的开心，让读者不明就里。明知并非热情好客那么简单，等答案出来后，仍给人以深深的震撼。一句"我爸在太原打工，我想让他回来"，将小姑娘的童真、渴望，以及家庭的困苦和无奈，都不着痕迹地表现出来。

至此，方明白作者为什么要不惜铺排描写古堡、老人，以及"两条前腿若指挥棒一样节奏感极强地在空中挥舞，为自己的吼叫搅动出了旋律"的那条黑狗。

解读了这些，古堡卸下了神秘的面纱，只剩下一位留守家乡的女孩对远在外地打工父亲的殷切想念。哪怕是和那座城市有关的一点消息，似乎都能够在她与父亲之间架起一座桥梁，直抵心房。读到这里，我想起了契诃夫笔下的万卡，有种想落泪的感觉。

(姬雪峰)

城墙上的女孩

　　旧广武城并不大,在空旷的原野上,砖砌的城墙孤零零的。爬上城墙,南面山峰上蜿蜒的长城,一座接一座的烽火台清晰可见,那就是猴儿岭长城,著名的雁门关就坐落在那里。当年,旧广武城就是作为雁门关的拱卫,抵御着外族的侵扰,实际是座军事要塞。时光流逝,现在的旧广武变成了一个宁静的村庄,当年在刀光剑影中戍边的军士后代也变成了春种秋收的村民。

　　旧广武城只有东西南三座城门。我和作家鲁顺民、摄影家宋雷穿过深邃的城门洞,从东门进去时,一个汉子正蹲在巷当中,把污浊的积水一瓢瓢往桶里舀,宋雷问:"这脏水能做什么用?"汉子抬起头望望宋雷,默然无语,又低下头舀水,桶满了,拿起扁担,步履沉重地挑着,拐进一条小巷。

　　旁边一位红脸汉子接过顺民递过去的烟,说:"咱这里缺水呀!前年大旱,地里庄稼颗粒无收,吃水都要到二十里外拉。"

　　顺民问:"这水也能吃吗?"

　　汉子说:"那倒不是,他婆娘在拾掇房顶,他挑水和泥。"

　　告别了汉子,我们很快走到西门口。城门洞旁的城墙坍塌出一个豁口,被踩成一道发白的斜坡,通到城墙上。爬上坡,整个村庄尽收眼底,一座座灰色的屋顶把村子渲染得古朴苍凉。一棵高大的老榆树长在城墙上,树干皱皱弯曲,像一位老人伛偻着腰站在高处眺望,稀疏的树叶被热风吹动,在城墙上投下颤巍巍的阴影。一个小女孩坐在树下，鲜红的衣服花儿一般给古堡带来几分亮色。女孩八九岁，正在埋头读书，声音脆脆嫩嫩的，从城墙上朗朗地传到巷里，下面一位汉子喊："女子，念啥书哩？"

女孩沉浸在书里，没有理会，还在朗朗地读，声音袅袅随风荡开。

城墙下，一座新抹成的屋顶格外醒目。一个女人爬在陡立的屋顶上，一手端着泥盆，另一只手一点一点，把和好的黄泥抹在裂缝上。这边，女孩停止了读书，出神地朝远处望。女人停下手，用衣袖抹抹汗，朝城墙上望去，一声喊："女子，好好念书！"女孩吃了一惊，直起腰，又把书放到膝盖上，朝下面喊："妈！我在念呢。"

院里出现了汉子晃动的头，哗一声，又一担刚挑来的泥汤倒进了土里。

远处的长城，近处的老树和城墙上的女孩构成了一幅美丽的图画，我举起了相机准备拍照。不等调好焦距，女孩看出了我的企图，站起身，猫一样躲到了树后。我有些失望，打开水瓶喝口水，准备离开。正惋惜错失了一幅好照片，女孩突然树后探出头来，一双眼闪动着，朝这边望。

我不忍打扰女孩的宁静，踏着荒草朝城墙那边走去。

宋雷指着我身后说："你是不是惹着人家女孩了？"

我感到奇怪，说："没有啊！"

宋雷说："那为什么女孩一直跟着你，从西城墙都跟到南城墙了。"

回头望去，女孩双手抱着书本，站在阳光下，脸儿红红的，低头望着脚尖，神情羞涩。

我也不明白女孩为什么总跟着我，朝前走几步，女孩也默默挪几步。晋北夏日的阳光像要把城墙顶上的枯草燃烧，我举起了矿泉水瓶，再一次滋润干渴的嗓门。女孩眼里闪出一道光，充满了渴望。我问："想喝水吗？"

女孩摇摇头，一声不吭，眼睛却始终盯着我手里的水，固执地跟着我走。

宋雷和顺民也在喝水，女孩伸出舌头舔舔嘴唇，又把目光投向他们。

宋雷快步走到我身边，悄声说："笨蛋，你知道女孩为啥总跟着你吗？她是在等着咱们喝完水，捡矿泉水瓶。"

我一下子明白了。这个夏天，我们三人不断在各地游走，曾经多次见过各种各样捡矿泉水瓶的人，据说每只瓶子可卖一毛五分钱，没想到，这次跟着我们捡瓶子的，竟是个不满十岁的孩子。

都一口气喝完了瓶里的水，把塑料瓶轻轻放在草丛中，头也不回地往前走去。等我们拐到另一边的城墙上时，那面的女孩不见了，城墙上只有豁豁牙牙的女儿墙和随风晃动的蓬草。

再转过去，草丛中的瓶子也不见了。城墙下，抹屋顶的女人直起身朝下边望，院子里，一个红色的身影一闪，随即传来一声喊："妈——"稚气的声音里充满着兴奋，接着，女孩攀着梯子爬上了屋檐，几件东西被举到了半空，亮晃晃地在阳光下闪耀。正是我们刚刚放下的矿泉水瓶。

我们离开了，阳光下，远处的长城更加清晰。

赏 析

即使是叙事散文也与小说有很大区别，并不注重情节，更多的是场景与细节的描写。本文就是这样，一开始，有意无意地将环境铺开，任由读者天马行空地驰骋想象。蜿蜒的长城，耸立的古堡，寂静的村巷，残破的城墙，小村庄内宁静平和，处处散发着庸常散漫的气息。本以为作者会沿着这种思路一路写下去，表现戍边人后裔的生活。怎奈故事将镜头对准一个在城墙上读书的小女孩，鲜红的衣裳伴着琅琅读书声，与其说是宁静古堡的一抹亮色，不如说这是生活的本色。作者有意无意地提到干活母亲对女儿学习的叮咛，不正是普通人家平凡的父母对儿女的关爱吗？

古堡里的女孩终究是羞涩的，对于突然而来的拍照躲闪不及，却对作者一行人手中的矿泉水瓶两眼放光。简单的情节被作者写得曲折逼真，躲闪拍照的女孩固执地尾随作者一行人，并"伸出舌头舔舔嘴唇"，当我们以为这个村子缺水，孩子肯定是看着这通透的水眼馋了。作者却笔锋一转，用人物对话，提示出女孩总跟着我们的真正意图。

一行人偷偷留下自己的善意，不愿让贫穷伤害到孩子的纯真。这样的故事读来有些苦涩，但是女孩在屋檐下摇曳的水瓶又何尝不是她平凡生活里的小确幸，我们又何必怀着一颗悲悯之心去替她担忧！

（姬雪峰）

拨浪鼓响起来

每次看到那对母子，心里都有一种说不出的痛。

一辆装满破烂的板车，一个唇红齿白的男孩，被一位二十七八岁的少妇拉着，伴着拨浪鼓声，穿行在大街小巷，一路走，拨浪鼓一路响，车上的破烂一路哐当，孩子的头一路转动，用一双好奇的眼睛打量着过往的行人。年轻的母亲穿着整齐，拉着板车轻盈地走着，不时摇动手里的拨浪鼓，声音传得很远，她和她的板车、她的孩子便成了大街上最引人注目的一道风景。她在收破烂，同时也在兜售着她的骄傲和苦涩，拨浪鼓响起的同时，等于也把她的孩子展示给了大街上过往的每一个人，她往板车上装那些破烂时，也等于把悲悯装到了小城居民的心里。少妇不知道，她给这座小县城里带来的是多么残酷的一道风景。

那是个才两岁多点的小男孩，坐在满装破烂的车上，每次迎来的都是好奇惊讶的目光。那些目光子弹般一次次地射过之后，小男孩的天真与烂漫就被打穿了，每当有人这样看，他会低下头，小手紧紧地抓着车帮，眼里露出一种羞怯卑微的光。周围人来车往，大街旁花红柳绿，他只坐在车上，窄小的车厢是他全部的世界，与他做伴只有那些散发着陈腐气味的破烂。

第一次看到这孩子时，他才一岁多。我上班的办公室左侧紧邻大街，被一道铁栅栏隔开。他坐在车上，和他的母亲从栅栏外一闪而过，我仿佛看到了一幅怪异的图画，向同事说："那辆车上有个孩子，才一岁多的孩子!"同事说:"是个收破烂的。"我说:"怎么可能,明明是个孩子!"同事笑我:"他妈是收破烂的。"几天后,我下班时,他们母子正好从大街上经过,我跟在他们的车后,盯着那孩子看。夏日正午炙热的阳光晒得柏油路面像要融化,孩子光着上身坐在车上,始终低着头,没朝我看一眼,我突然明白了,我在怜悯孩子的同时,目光已经伤害了他幼小的心灵。

　　以后,我只远远地望着他们。时光一天天流逝,冬天了,孩子被母亲包裹得严严实实,露出一双黑黑的眼睛,被母亲拉着,与那些破烂一起在寒风中穿行。他很乖,每次看到时,都是一动也不动,俨然是那辆车上不可或缺的一部分。

　　县城里收破烂的可能划分了区域,他们母子跑的正好是我所在的居民区。每次门外拨浪鼓响起,我会立刻放下手里的事,跑出去看是不是他们母子。居民们好像也习惯了这对母子,常有老太太望着孩子夸:"多鲜亮的孩子。"少妇会停下车,像展示一件值得骄傲的物品一样,让孩子叫奶奶。孩子早习惯了坐在破烂车上,却始终不习惯让人瞪着眼睛看,低着头,一副羞涩难为情的样子,任谁再叫也不抬头。有一两回,少妇的车上没有了孩子,马上有老太太问:"孩子呢?不是病了吧?"少妇说:"他爸今天歇工,放家里了。"

　　每年六七月间,门外的拨浪鼓声格外稀疏,收破烂的人都回老家收庄稼。过了那几天,拨浪鼓声又会一波接一波地响。我把家里的纸箱、旧书报堆在一起,固执地等着他们母子到来。

　　他们母子比其他收破烂的晚来了好几天,看到我,男孩的眼睛露出怯懦的光,立刻耷下头,把身子往车厢里缩。我问女人,怎么待了这么多天才来。女人说,在老家收完麦子,孩子病了,多待了几天。问她老家在哪儿。女人说是安徽蚌埠的。又问,孩子他爸做什么。说是在县城一家工厂做工。问她住什么地方,女人朝街道那边一指说,就在那边坡下的出租房里。孩子一直默默地坐在收破烂的车上，偶尔抬起头来，看我一眼，很快又低下头，像在想什么。

这是我第一次近距离地看这孩子。看来女人收获颇丰，才刚中午，车上的破烂已有半个车厢，几根旧塑料管，两把折叠椅，一团铁丝把那个小人儿挤到前面，橘黄色的衣服上、小脸上、手上沾满发黑的污渍。他才两岁多点，一双眼睛里，没有这个年龄孩子应有的纯洁与欢乐，忧郁而冷漠，始终用着一种敌视的目光望着我。我心里一惊，感叹：如此小的人儿怎么会有这种眼神。

我把破纸箱、旧报纸、易拉罐之类的东西抱出来，堆在门口，车上的孩子突然眼睛发亮，像发现了宝物一样，吵着让女人抱他下来。脚一着地，马上像变了个人，抖着浑身的机灵，易拉罐、塑料袋、啤酒瓶被他一一分开，比他妈还忙，机灵倔强得让人心痛。我不知道这些东西在孩子眼里意味着什么，也不知道才两岁多的他从什么时候开始帮助母亲干活，但看那忙活劲儿，分明已经很熟练了。

废品分好了，女人一一捆扎，往车上装。那孩子不见了，正当我寻找时，拨浪鼓声响了起来，小巷另一头，孩子两手举着拨浪鼓，在吃力地摇晃。他正是玩拨浪鼓的年龄，但不应该玩这种鼓。这种拨浪鼓不是玩的，是一种招揽生意的工具，直径足足有一尺，鼓面用的是塑料布，鼓槌是颗硕大的算盘珠子。

他妈说："这孩子。"

我也说："这孩子！"

装好废品，孩子又被女人抱上了车，缓缓走出了小巷，拨浪鼓还在孩子手里，有一下没一下地摇，卜咚，卜咚，响得人心碎。

赏析

　　文章题目已看出了作者巧具匠心。提到拨浪鼓，恐怕我们会不自觉地和小孩联系到一起，那清朗的鼓点，明快的节奏，多么像充满童趣的笑声。

　　作者笔下的拨浪鼓摇起来却那么沉重，令人心碎。"这种拨浪鼓不是玩的，是一种招揽生意的工具"，二十七八岁的少妇拉着板车，载着自己两岁多的孩子，"兜售着她的骄傲和苦涩，拨浪鼓响起的同时，等于也把她的孩子展示给了大街上过往的每一个人，她往板车上装那些破烂时，也等于把悲悯装到了小城居民的心里。"然而，由拨浪鼓摇出的悲悯眼光也将一个两岁孩子的天真与烂漫击穿了。孩子的眼神中不再是天真无邪，而是羞怯卑微中带上敌意。正是这种眼神，让作者始终远远地看着，不敢让小男孩察觉。

　　文中有一处设计极为巧妙。这位才两岁多的孩子摇拨浪鼓，不是玩，而是像妈妈一样，招揽生意。这里已没有童真童趣，而是不该有的早熟老成，面对这令人心碎的一幕，年轻的母亲和作者同时说"这孩子"，二者表达的内涵截然不同。母亲是对孩子调皮的嗔怪，作者则是对孩子早熟的怜惜。整篇散文中，孩子、拨浪鼓、年轻的母亲、收破烂的板车形影相随，有形有声，有情有景，读来，会被作者带入一种悲悯的氛围中。

（姬雪峰）

你的童年怎么这么长

一

八十七岁的台湾学者齐邦媛白发如雪,清癯儒雅,数十年从事台湾文学翻译,被誉为"永远的齐老师""台湾文学的守护天使"。她从小体弱多病,六岁离开家乡,先北平,再南京,与母亲逃离南京二十天,发生了惨绝人寰的南京大屠杀,一家人颠沛流离逃至重庆。十三岁入南开中学,之后三年都在日军飞机大轰炸中度过,凄厉刺耳的警报声中,被炸为瓦砾的山城大火熊熊,被烧成黑炭的尸体绵延十里。目睹此情此景,齐邦媛和同学们站在路边一面拼命哭,一面唱:"我们,我们是中华民族的少年兵,年纪虽小,志气高……"从小体弱多病的她,此时稚气未脱,从不照镜子,剪男孩头,穿童子军服(制服),煞有介事地持军棍站在学校门前执勤。她心目中的英雄、飞行员张大飞看见后,说邦媛的胳膊还没有她手里的军棍粗。在战争的磨难中,心灵刻满弹痕的齐邦媛,慢慢长大成人。一天,读高二的堂姐望着瘦弱稚气、不修边幅的齐邦媛说:"你的童年怎么这么长?"

齐邦媛生于1924年,读初三时,已经十六岁,若生活在正常社会环境中,这样的年龄早该是一位爱美的花季少女了。

暑假过后,齐邦媛升入高中,脱下童子军制服,换上了长旗袍。大雨过后,从积满水的稻田里,她看到了一个女孩的倒影,在天地之间,照了那么大的一面镜子。从此她长大了,自知是个女子,连走路都与以前不一样。

在国破家亡兵荒马乱的岁月，齐邦媛虽说童年期长了点，却另有收获，懵懂之中，"在南开优良的读书风气中，得师长之春风化雨，打下了一生读书为人的基础"。

这是齐邦媛在她的新作《巨流河》中描述的情景。

二

读完这本书，望着书中齐老太太慈祥优雅的照片，不知怎么，就想到了我的母亲。齐邦媛被表姐嘲笑童年过长那一年，母亲正好嫁到我家。母亲是1925年生人，比齐邦媛小一岁。据父亲回忆，为娶母亲，家里摆了酒席，来了许多亲戚。在长辈的祝福声中，着凤冠霞帔的母亲亭亭玉立，款款步入洞房，开始她漫长的婚姻生活。虽然才十五岁，但为人新妇的母亲，肯定早已度过童年期，到十六岁，这位过门才一年的小媳妇，已备尝人世艰辛，要做几乎所有的家务活，洗衣、做饭、伺候公婆连同与她同岁的小丈夫，肯定不会像齐邦媛那样还没度过童年。

母亲与齐邦媛完全不是同一类型妇女，齐教授学富五车，母亲大字不识一个，身处相同的年代，却有不同的身世，受不同的教育。母亲兄妹六人，有两个哥哥，她是大姑娘，下面还有三个妹妹，齐教授上南开中学时，待字闺阁的母亲十二岁，每天要做的事是帮外祖母照看妹妹。那年，父亲由媒婆领着去相亲，走进那个叫连村的小村时，远远望见一位瘦弱的姑娘，身上背着最小的妹妹，身边围着一高一低两个妹妹，正在巷里玩耍。媒婆说："那就是你媳妇。"从此，父亲认定那个女孩就是他的终身伴侣，直到母亲去世，两人一起生活了六十多年。母亲有个很文雅的名字，但是，只写在户口簿上，从来没人叫过，她出生的村子叫连村，这个村名就成为她的名字，被长辈喊了大半辈子"连村"，父亲和外人若喊她，几个孩子名字是她名字的前缀，后面加上一个妈字，如小三妈、小四妈。只有晚辈喊她时，母亲才能享受到广义的尊重，却也没有她的名字，妈、姑、姨、奶是她的代名词。

　　齐邦媛的童年期长，只是生理上的，她有知识，会思考，从懵懂中醒来后，迅速成长为一个有主见的现代女性。在烽火连天的乱世，可以一个人从重庆飞往南京寻找父母，只身漂洋过海，去台北当助教。母亲在生理上比齐教授更早跨过童年期，心理却一直滞留在童年。男权社会中，一个无知识、无见识的女子无疑是个弱者。西蒙娜·德·比维尔说："妇女永远是婴儿。"这话虽严重歧视妇女，却不无道理。母亲从嫁过来那天起，心灵可能就停止成长，成为一个永远的小媳妇。以后，无论生活有多少磨难，相貌有多大变化，心灵再没有长大，从青年到中年，直到老年，从来都像个懦弱的大孩子般，战战兢兢生活在我们那个大家庭中。先是公婆若威严的山一样压在头顶，没有公婆的管束，连她自己都无所适从。公婆去世后，好容易多年媳妇熬成婆，仍没有主见，又成为丈夫的附庸。父亲除了丈夫这个角色外，还是母亲的父亲、兄长。所做事、所说话从没一样是错的，母亲从来都百依百顺。因为父亲常年在外地工作，每年只回家探一次亲，两位哥哥也不在家，我才十三四岁时，己俨然成为家里的顶梁柱，遇到为难事，母亲会瞪着一双大眼，惶恐地向我讨主意。直到老年，还经常可见这种神态。有时候我想，母亲心理上的童年可能一辈子都没结束。

三

我的童年期是在惊悸中遽然而止的。此前,直到十一二岁,还光着屁股满村跑,记得一次和同伴嬉闹追逐,被嫁到同村的姑姑看见,呵斥:"都多大了还光屁股,不嫌羞!"此后并不以为意,该光屁股还光屁股。

十三岁那年夏天的一个凌晨,母亲凄惨的哭号声将我从睡梦中惊醒,爬起来走出大门,我惊呆了,门口的大槐树上,吊着晚上还与我同睡在大炕上的祖父,平时慈祥可亲的面庞扭曲变形,十分可怕。那时"文革"正处疯狂阶段,祖父在不间断的人格侮辱中,终于不堪忍受,自缢身亡。至今回想起这件事我仍有几分内疚,祖父如此悲惨地死去,才十三岁的我竟残忍地没有流一滴眼泪。以后,家庭重担完全落到孱弱的母亲身上,父亲、兄长均在外地,我下面还有三个弟弟,经此变故,我成了家中最年长的男子汉。

一年后,我读完七年制学校,一个冬天的凌晨,摸黑最后一次走进学校,被老师告知没被推荐上高中,我的学业暂时结束了。我走进教室,在同学们注视的目光中,抱起无用的课本,听着嘈杂的朗读声,从摇曳的煤油灯光中走出。寒风呼啸,刺人肌骨,我走得义无反顾,没有一丝悲伤,感觉自己已然是个男子汉。我知道我们那个家需要我,母亲急需有人帮她负起家庭重担。学校离家不到二里,走进村时,天正好发亮,我看见生产队长拽响了上工的钟,远处,学校下早读的钟声也同时响起,两面的钟声嘹亮而凄凉,一声接一声,我回到家里放下书本,一刻也没有停留,扛起一柄铁锹,和大人们一起走进凄风呼号的田野。

就这样,我还残留的童年从身体到心理被清理得干干净净。

四

我读《巨流河》那几天，小女儿正放寒假在家，由不得又拿她和齐邦媛做比较。

小女儿生于20世纪90年代初期，按现在的说法应该属"90后"。在我看来，这是迄今为止最幸福的一代人，和生长于乱世的齐邦媛几乎没有可比性。女儿小时候胖嘟嘟，皮肤白嫩，长相十分可爱。上初中时，功课常压得孩子愁眉不展，我曾和她开玩笑：你要永远是小时候的样子该多好。也许是生活相对优裕，小女儿不等初中毕业，身高已超过她的"80后"姐姐，只是一颦一笑中，稚气仍洋溢在脸面上，常常撒娇耍赖。高中三年，学业重压，花朵般的年龄一倏而过，转眼，小女儿就是个大学生了，从外貌看，高出她妈半头，亭亭玉立，含苞待放，无论如何都该是个进入青春期的美少女，爱打扮，臭美，痴迷网络、爱吃麦当劳肯德基、崇拜韩国明星。长这么大，生活世界只有三点——学校、网络和家庭，学校给了她知识的同时，也给她带来压力；网络给了她快乐的同时，也给她带来虚幻；只有家庭是现实的，带给她更多的是溺爱。因而特别脆弱敏感，不能受委屈，话稍重就会泪水盈眶。对人、对社会只有茫然，没有理解，谈不上爱，也谈不上恨。"90后"喜欢的一样没落下，"90后"的毛病一样不少。与"80后"的姐姐相比，她身上的特点好像是用金钱和呵护堆起来的，成本格外大。而对孩子的未来，我们却格外迷茫。

尽管就要上大学，在我们心里，女儿并没有真正长大。开学时，我和妻子千里迢迢，怀揣一肚子兴奋，背着大小行李送孩子去学校。路上，想起当年自己上大学的情景，由不得犯起我们这代人爱怀旧的毛病。我当年上大学时，直到开学前几天，还在田里干活，想多为家里增加收入。随后自己做装行李的木箱，自己转户口办手续，卖了100多斤口粮得20块钱，就是上学的全部费用，东西一件都没有添置。走时，母亲没走出大门口，挥挥手，就送走了上大学的儿子。女儿并不以为然。说她并非自己不能到校，是现在兴这个，如今孩子上大学哪个家长不送。

世事使然也，孩子的话没错。

到学校后，只见各种车辆拥堵在大门口，附近家家旅馆爆满。女儿宿舍里，住着来自上海、青岛、洛阳、宁波的几个女孩，个个都是爸妈陪着来。一时间，小小的宿舍里人满为患，挤了七八位中年男女。铺被褥、挂蚊帐、接电源、装插板，一切都是家长动手，接着一趟又一趟往学校门口的超市跑，所有的环节都无微不至，所有的生活用品一样不少，累得各位家长人人腰酸腿疼。到第二天，仍不放心，反复查看还缺什么，只担心宝贝女儿受了委屈。在学校大门外，我看到了伤感的一幕，不止一位女孩与将要离开的父母抱头痛哭，仿佛生离死别，场面甚是感人，弄得妻子在一旁泪水涟涟。我不明白，难道上大学如此可怕，陌生的城市如此恐惧，暂时的告别值得这样悲伤？看来，至少在生活和情感上这些大学新生还没有脱离童年期。担心女儿也演出相同一幕，我告诉她，第二天我们从宾馆直接走，不再来学校道别。那天晚上，女儿赖在宾馆不想回校，仿佛有说不完的话，道不完的亲情。直到深夜，才被我和她妈送回。

同寝室的女孩多是独生子女，女儿比较幸运，还有个姐姐。十年前，我也曾送过大女儿上大学。大女儿属"80后"，也许因为学校在省内，所在城市还有其他亲人，我和她妈几乎是放下行李就离开，全然没有依依不舍的感觉。这回，从宾馆将女儿送到学校门口，暗淡的灯光下，望着她渐渐消失在校园的背影，连我也禁不住流泪了。回来后，感慨良多，觉得这是特别让人挂念的一代，心理年龄小于身体年龄的一代，也是感情特别脆弱的一代。莫非优裕的生活会造就长不大的孩子，网络世界会让一代人心灵发育集体迟滞？以我的经验，一般青少年心理年龄都小于身体年龄，即使有少年老成的，也是环境使然，但像"90后"这样，身体年龄与心理年龄差距这么大，以前恐怕没有过。这样的孩子独自生活在外地，怎能让做父母的放心。

五

好在网络拉近了与孩子的距离，隔着千山万水，还能不时相见。

寒假总算到了，想到所谓的春运简直就是学子们的灾难，又不由为孩子的行程担心。然而，还正通着电话，女儿已站在面前。好像又长高了一些，还是原来的模样，一脸稚气的笑容，一身古怪的打扮，一副阳光灿烂的神气，似乎从身体到心灵一切完好无损。看见老妈，还是那么淘气顽皮，不等坐稳已扑到怀里。回到家里，女儿又从大姑娘变回小女孩，零食一包包往回买，晚睡晏起，晚上抱电脑泡在网上，第二天日已西斜仍不起床，很少做与学业有关的事，好像不记得她还是个学生。尽管这样，我还是觉得孩子长大了，知道体贴人，偶尔会帮忙做家务，言语中有许多以前没有的东西。相伴走在大街上，感觉特别骄傲。

春节的喧闹声刚刚响完，女儿又要走了。我们这里没有直通那个城市的火车，需要从相距近百公里的一个外省城市搭车。提前十天就筹划怎么走，先预购了车票，再约好朋友的车，到离家那天，场面可谓盛大隆重，连同我共有四人驱车送她去那个异地车站。但是，令我们绝想不到的事还是发生了。因为车站混乱拥挤，手持车票的女儿竟没能挤上车，眼睁睁看着列车开走。此时已是晚上十点，电话打来，我正好返回家，这消息像晴空霹雳，让人目瞪口呆又无可奈何。我不能想象,那样一个文弱娇气的女孩,拖着一大件行李,背着一台手提电脑,在乱哄哄的人流中,怎能到达两千里外的学校。更让人担心的是,那个车站以后十天车票全部售罄。第一次单独出远门的宝贝女儿被困在人地生疏的外地火车站了!我与妻子急得团团转,又无计可施。这个让人牵肠挂肚的孩子哟!

不得已,通知了远在北京的大女儿一起想办法。当晚,一家三地,不停地通电话,从网络上查询线路和车票销售情况。两小时之内,几个人的手机费全部打光,数次网上交费。终于确定两个方案,一是乘大巴,先郑州,再武汉,再南昌……一点点接近目的地,一截截往前挪,算下来到学校至少要倒五次车;二是干脆天亮后再将她接回来,给学校说明情况,等春运过后再走。没想到,女儿坚定地选择了前者,开玩笑说:"实在不行,会长出翅膀飞回学校。"我与妻子在焦虑中一夜不眠。第二天凌晨五点,女儿电话说已乘上开往郑州的大巴。上午九点,说已在郑州的银行取了卡里的钱,让我们放心。晚八点,说坐上了去武汉的大巴,第三天早晨六点,说不用去南昌直接坐上去目的地的大巴,一家人的心总算平静下来。十点,短信说,哈哈!我到校了。

那一刻,我联想到了齐邦媛只身漂洋过海去台大当助教的情景,仿佛看到女儿自信的笑和一脸的得意自豪,长出一口气,对妻子说:"孩子长大了,真的生出了翅膀,以后,再大的困难也能独自面对。"

赏 析

这是一篇凝练厚重的散文佳作。作者通过几位个性鲜明的人物形象,写出了不同时代少年成长的心路历程。

台湾学者齐邦媛白发如雪,清癯儒雅。自小体弱多病,在时代的磨砺中，心灵刻满弹痕，未能有一个无忧无虑的童年时光，唯有知识能抚慰她创伤的灵魂；作者的母亲同样经历过苦难岁月，十五岁已嫁为人妇，挑起家庭重担，但是只是生理上早早结束了童年，心理上却和成千上万的旧时代女性一样，未曾给自己做过主，从父从夫从子，连名字都是别人的附庸；作者因为赶上了"文革"，在家庭变故中，不得不过早地担起生活重担，将童年草草收场；作者的小女儿可是赶上了好时代，从小生活优裕，没有遭受什么苦难，甚至上大学了，还让父母护送，与经历过苦难的几位前辈比起来足够幸运。

如果仅仅通过几位人物的对比来颂扬时代美好，未免太浅薄。故事的结尾，女儿赶上了返校的浪潮，不得不辗转几个城市，经历一番车途劳顿才终于抵达学校，在那一刻，她独立了，长大了。读到这里，我们看到了人与时代的和谐，感受到一种向上的力量。

作品中，作者所写每个人物，同时是对其他三个人物的映衬，每个人物的生活背景，又是对其他三个人物生活背景的比对。有这样的描写，本文才给人以既厚重又明快的阅读愉悦。

（姬雪峰）

带女孩去打工

女儿考上了大学,过几天就要开学,我和妻子正忙着准备女儿的行李。堂弟媳妇来了,说:"有几个女孩要去省城打工,家里人都不放心让她们自己去,打听到我们要去送女儿,正好顺路把她们带上。"

省城那边的雇主是我的另外一个堂弟,打算办个编织毛衣的小工厂,这令我一下子想起《北京人在纽约》中的故事,觉得这种活儿倒很适合女孩子做。其实村里的许多女孩子都想去。这些年,到城里去打工,好像已经成为农村青年男女唯一可走的路。种庄稼,活儿苦,收入低,还会被视作没出息,多数孩子出了学校门,都要先去打几年工,能混出来的,衣锦还乡,光宗耀祖,有的还永远留在了城里。混不出来,也没什么,本来就不是城里人,过上几年,成了家,再待在村里也不迟。如今,在这块紧挨着黄河的土地上,干庄稼活的,几乎找不到四十岁以下的年轻人。到省城编织毛衣,能学手艺,能挣钱,还能出去开眼界,女孩子怎能不动心,但多数女孩都因为父母不放心而作罢。乡下人,对城市始终有一种畏惧感,选择到城里打工,其实也是一种无奈。几个女孩都是堂弟媳在附近村里找的,原本找了八个,中途几个女孩变了卦,只剩下三个,说好了到时候全都来我家集中,由我带着一起上车。

要走的那天早上,有个女孩的父母突然舍不得女儿走,临时改变主意。弟媳匆匆赶去,费尽了口舌,道理讲了一大筐,总算又说好了。吃过早饭,天下起了雨,蒙蒙雨丝把天空弥漫出凄凉的景象。雨雾中，一辆农用三轮车停在了我家门前。开车的是个中年男人，车上一对母女相拥在一起，合披一块塑料布，身上仍然湿淋淋的，瑟瑟发抖。女孩的年龄看起来很小，黑黑瘦瘦，还没有完全发育成熟，穿件附近学校的运动衫式校服，一脸稚气，还是个小孩的样子。一问，叫小红，才十六岁，刚读完初二。我问她父亲："为什么不让孩子上学？"那男人难堪地一笑，说："不是那块材料，念不动了，自己闹着要回来，实在没办法。"

在我家客厅坐下，男人四处打量，惊奇地问我："你做什么，把家里弄得这么好？"没想到，我那间简陋的客厅，竟会如此让人羡慕，正不知如何回答，弟媳在一旁说："人家是在城里干事的。"男人说："怪不得呢！"又回过头对女儿说："知道了吧？要过上好日子，就得到城里去。"小红点点头，缩到女人怀里。

第二个女孩也是被父母领来的，一进门，没等大人说话，女孩就亲热地和我女儿打招呼。原来是女儿初中时的同学，叫兰花，今年也十八岁，曾经在北京打过工。她妈是个快嘴女人，说女儿到北京逛野了，在村里待不住，一听说有打工的门路，就闹着要去。她爸是个老实木讷的汉子，坐在一旁默默抽烟，不时叹一口气，显然不同意女儿去，又拗不过老婆孩子。

另一个女孩一直不见来，弟媳等急了，急匆匆出去，又急匆匆回来，说是那女孩和父母在路口等着，不来这里了，我们可以上路。

等我和妻子提着行李，出了门，却见小红依偎在她妈怀里，泪水涟涟。堂弟媳对我说："是看见人家兰花那么老练，自己胆怯，又不愿意去了。"那边，小红爸在劝女儿，她妈却在一旁陪女儿抹眼泪，小声对男人说："要不就别让娃去了，娃还太小。"男人突然发了火，训斥老婆："你怎么也这么糊涂，谁不是从小时候过来的，小时候不吃些苦，大了会有什么出息，难道你想让娃也和咱一样种一辈子庄稼?"堂弟媳也对女人说："你放心，那边都是自己人，不会让孩子吃亏的。"男人说："对嘛，要不是她婶婶，凭咱们到哪里去找这么好的事。"

雨更大了，男人发动了农用车，对女儿和老婆说："上车，别再三心二意。"农用车冒着黑烟，突突响，在泥泞的路上颠簸。路不远，我和其他几个人都步行跟在后面，渐渐和车拉开了距离。远远望去，只见阴沉沉的天空下，小红母女相互扶持，摇摇晃晃站在农用车厢里，风把她们身上披的白色塑料布吹了起来，女人把身体挡在迎风处，紧紧抱住女儿，一副生离死别的样子。我顿时有了酸楚的感觉，怀疑自己是不是应该带几个女孩去打工。

到了路口，另一个女孩和父母一起和我们打招呼，看来是个活泼开朗的女孩，问了，叫小月，十六岁，离开学校已经有一年。她父亲是个胡子拉碴的中年人，很面熟，妻子说："是街上卖菜的老胡。"和我说话时，老胡极恭敬，手忙脚乱地递烟，说："这一路，就麻烦你了。"又用羡慕的口吻夸我女儿："到底是书香人家的孩子，我们家不知什么时候才能修到这福气。"

堂弟媳在一旁提醒，"车快来了，你们把给孩子的路费交给我哥，一块儿买票，免得到时候孩子弄丢了钱。"几对夫妻一起说："对，对，差点忘了。"一阵手忙脚乱，等递过钱来，才发现准备的路费不够，都只准备了火车票钱，忘了还要搭一百多里汽车。又是一阵翻腾，竟全不能如数凑齐。小红爸涨红了脸，对我说："他叔，你先给垫上，回来后一定还你。"兰花妈说："叫你受累，又垫钱，怪不好意思。"

我为这些淳朴的庄稼人难过，没想到他们竟窘迫到了如此地步。为了孩子的事，他们说不定拿出了家里所有能拿出的钱，说不定是临时借的，再多一点，就不能承受。难怪他们再也不想让孩子们过与自己一样的生活。

汽车总也等不来。小红母女始终依偎在一起,她妈不停地叮嘱女儿,到了城里要长心眼,要听老板的话。小红噘着嘴,说:"我今天去,明天想妈了,就回来。"我妻子在一旁笑:"真和小孩断奶一样,羞不羞?"竟说得小红涩涩地笑了。妻子又说:"好,好,等我们回来,再把你也带上。"小红更不好意思了,隐到她妈身后。她妈却在偷偷抹眼泪,说:"憨娃,近千里路呢,今天去,明天回,是容易的吗?"

汽车终于来了,几个女孩跳上车,小红妈一边招手,一边喊:"路上听话,别乱跑。"三个女孩子却顾不得和大人道别,手忙脚乱地找好了座位,坐定,车已经开出很远。透过车后的玻璃望去,三对夫妻还站在雨里,朝这边挥手。

女孩相互间也是第一次见面,以前并不认识,一时还显得很生疏。连同女儿,一共四个女孩,一并坐在最后一排的长椅上,都呆呆的,各想各的心事。

汽车到运城车站停了下来。往火车站候车室走的时候,我才注意到了女孩们的行李。三个人的背包都装得鼓囊囊。小红背的好像还是上学时的书包,兰花出过门,除了背包,还有个皮箱。小月背的是个崭新的双肩包,大概是专门为这次出门买的。另外,每人还有个圆滚滚的塑料编织袋,这似乎已经成了农民去城里打工的标志。我以前也弄不明白里面都是些什么东西,到这时才知道,里面装的是被褥和换洗衣服。三个女孩的编织袋都沉甸甸的,谁也没有力气拿。女儿行李也不少,只好让妻子全提着,我和女儿来帮女孩们。我提着一件在前面走,剩下的两个编织袋,三个女孩抬两个,一群人走走停停,都累得气喘吁吁。望去,像涌进城的难民。

在候车的一个多小时里,刚刚还素不相识的三个女孩,已经亲如

姐妹。反倒是与兰花早就相识的女儿，显得有些孤单。我感叹，不同的命运，竟这么快就把她们分开，成了路人。兰花年龄大些，又有过打工经历，自然成为三个人的领袖。小红像个小妹妹，一直挽着兰花的胳膊。又是第一次去坐火车，看什么都新鲜，在人头攒动的候车室里，却不敢高声说话，不时俯在兰花耳边，说句什么，三个女孩一起捂着嘴笑。

一个下肢完全瘫痪的残疾人拖着下半截身子，艰难地在候车室里挪动，逐个向旅客乞讨，三个女孩瞪大了眼，惊恐而好奇地望着，有人扭过了脸不理会，有人大声训斥。残疾人终于挪到了女孩子的面前，伸出了肮脏的手。三个女孩都惊叫一声，抱在一起。小红几乎吓傻了，眼里全是惶恐的神色，慢慢把手伸进衣袋，掏出一张钞票，放入残疾人举在面前的碗钵里。那可能是她妈悄悄给她的零花钱。我不明白小红的举动，是同情心，还是惊恐下的身不由己？我没法向这个刚刚涉世的女孩说什么，也把一张钞票放入残疾人的碗钵中。

上火车时，又是一阵忙乱，等我把女孩子们的编织袋一个个放好，她们已经趴在窗口，朝外张望。小红好像完全忘记了与父母离别时的感伤，兴奋地指指点点，憨憨地问兰花："你说，火车快，还是汽车快。"兰花一笑，反问："你说呢？"小红说："我不知道才问你嘛。"惹得连周围的人一阵笑。

我对面坐的是一位知识分子模样的老者，开车后，不时朝我望一眼，又不时望望几个女孩。显然对我没什么好感。我猜想，他一定是把我当作一个虐待童工的工头，甚至是贩卖妇女儿童的人贩子。一个多小时后，我的想法被证实了。老者冷冷地问："这几个女孩子是你带的吗？"我说："是的。"又问："做什么？"我说："去打工。"再问："你是工头吗？这些女孩子能干什么？"我感激老者暂时还没把我当成人贩子，反问："你看我像个工头吗？"老者疑惑地摇摇头。我说：

"我是送女儿上大学的，受她们父母之托，顺路把她们带到省城。"

老者的脸色和蔼了许多，又问起女孩子具体做什么活儿，每月收入多少。

直到老者问起，我才从女孩们的嘴里知道了她们打工的待遇：第一个月培训，只管吃住，没有工资。从第二个月开始，管吃住，每月三百块。我惊讶女孩子的工资之低。老者说："到省城打工的农民太多，又都是周围山区穷地方来的，只要能找到活儿干，就不错了。"

兰花在一旁说，她在北京打工，管吃住和来回路费，也是每月三百块。

我问兰花："一个月三百块，恐怕都不够你自己用吧？"

兰花的回答让所有人都惊讶。兰花说："我一分钱也没花，干了三个月，一共九百块，回来后，全交给我妈。"

老者感叹："到底是农家孩子，在北京那样的地方三个月，竟然一分钱没花，不可思议。"

我反倒对兰花另眼相看了。这个早熟的姑娘，可能在娘胎里，就知道了生活的艰难。

见兰花说起了自己的打工经历，小红忍不住说自己也打过工，在镇上的一家糕点厂烧火，一共干了十二天，整天熏一脸黑，累得死去活来，一个月才一百五十块。问小月，小月说她没打过工，一直在帮父亲摆摊卖菜。

列车上几个小时，三个女孩好像已经忘记了她们生活过的乡村，只剩下了好奇新鲜带来的欢乐，仿佛城市带给她们的只会有幸福，挤在一起又说又笑。妻子问小红："你不是说明天就要回去吗，现在还想不想？"小红稚拙一笑，说："不想了。"妻子说："到时候可别哭着要妈。"一句话，把小红说得发呆，一会儿，又抹起了眼泪。

列车进入省城时，天完全黑了，外面到处霓虹灯闪烁。几个女孩

又兴奋起来，不停地问那是什么地方，真好看。

下车，又是一番狼狈，好容易走到出站口，面对车站广场辉煌的灯光和川流不息的人群，几个女孩又露出了惊恐的目光，手忙脚乱，团团围住我，寸步不离。

堂弟开一辆红旗轿车来接站，女孩子们有些受宠若惊，直到堂弟催她们上车，还在发愣，不相信是让她们坐的。我突然想起一件事，掏出她们的车票，一张张递到她们手里。我想，起码对小红和小月来说，这可能是她们第一次踏入社会的唯一凭证，有着不同寻常的意义。借着灯光，小红在喃喃地念车票上的字：运城到太原，2001年9月7日。

赏 析

要去远方求学的女儿，要走出家乡外出打工的三个女孩，可能在生活中不会有交集，却因为要去同一个地方，把他们集结到同一个故事里。正是命运和选择的不同让故事有了开始的可能。

文中有一段描述现在家乡年轻人都愿意外出打工，看似赘述，却和后面几位姑娘以及父母的态度紧紧相连，环环相扣。一方面，都是不谙世事的孩子，家长终归放心不下。另一方面，家乡的闭塞和家境的贫困又使他们不得不走出去。

小红稚气未脱，羞涩腼腆，是个离开父母还哭哭啼啼的小女孩。小月看似活泼开朗，其实是不谙世事，懵懂无知。兰花有过打工经验，好像老练早熟，不过是更早地品尝到人生的苦涩。透过家里人对打工姑娘的态度以及小姑娘初次见陌生人的生动描写，读者看到了不同的少女形象。特别是一路辗转，拿着大编织袋坐上火车后，几个姑娘叽叽喳喳地对城市生活的好奇，让人不禁遐想她们未来会有怎样的人生。

  文末三位姑娘掏出的车票不仅是新生活的凭证，也成了打开新世界大门的入场券，寓意深刻，象征着三位女孩开启了新的人生。

  本文采用写实手法，没有浓墨重彩的描写，似乎在不经意间，用人物的神态、语言、动作，刻画出不同的少女形象。这种写法，最讲究叙事节奏，看似容易，实则不易。值得初学者揣摩品味。

（姬雪峰）

苹果与女人

第三辑

少妇心思

后来
我感到自己找到了她高傲的理由
她说的不谙世事确实很有道理
她有一个幸福的家
一个情投意合的爱人
对生活很知足
是一个沉浸在幸福中的女人
生活以外的事再复杂
她都会视而不见
社会的世俗
人情的冷暖
好像永远和她没关系

拯救打工妹

　　小霞是个美丽文静的女孩,二十岁,在我朋友老杨那里打工。老杨开的是个文化服务公司,在大街上有个店面,说是公司,其实连小霞在内,一共才两个人,老杨是老板,小霞是员工。老杨五十多岁,退下来以前是我们这里的文联主席,和文化圈里的人很熟。我和表兄没事了都愿意到他那里坐坐。小霞的工作看起来很轻松,在电脑上查查资料,录入文字,整理整理文件,最重要的一件事是老杨不在的时候接待顾客。店里平时的顾客很少,看到我们来,小霞一脸微笑,叔叔伯伯地叫,不等我们坐下,茶水已经端来,很热情。表兄经常和小霞开玩笑。说:"小霞,有对象了吗,在城里给你找一个。"每次小霞都是脸儿红红的,低着头,说:"还小呢!"

　　小霞的家在北边的峨嵋岭上,离县城三十多里路,隔一段时间,小霞总要回趟家,待上一两天。店里没有了小霞年轻活泼的身影,好像一下失去许多光彩,空荡荡的,连老杨自己都提不起精神。过了春节,小霞有好几天没来,老杨的店面更加清冷,一有事外出,不得不锁上门。一天,老杨一个人在店里,看上去神情沮丧,我问:"小霞还没来吗?"老杨说:"来了,干了两天又回去,说是要结婚了。"

　　我感到很吃惊,问:"没听说小霞找对象,怎么马上就要结婚?"

　　老杨说:"我也没有想到,家里给找的,她说是年前见的第一面,见面后第七天定的婚。"

　　我问:"对象是做什么的。"

老杨说:"也在村里。"

我骂老杨:"这只能怪你,你是当老板的,怎么不关心一下人家女孩的婚姻。"

老杨说:"其实我都帮她找好了,是政府办的司机小吴,小吴见过小霞,愿意和小霞相处,没想到小霞会这么急。"

小霞是老杨雇用的第三个女孩,前面两个,一个叫小莉,一个叫红梅,都是活泼开朗的女孩,两个人在老杨那里干的时间都不长,小莉干了不到一年,红梅干了八个月,辞职的理由都一样,家里给找下了对象,要回去结婚。不光老杨那里,在其他地方,我还见过不止一个女孩,都因为同样的理由回到了农村。这好像已经成了农村女孩的一种人生轨迹,从学校毕业后,在城里混几年,一到结婚年龄,马上又回到农村,去过与父母一样的生活,从此一辈子就生活在农村。过上几年,当一个乡下女人敞着怀,抱个叼着乳头的孩子出现在面前时,谁也不敢相信是以前那个清纯美丽的女孩。

我和老杨都为小霞惋惜,也为她以后的生活担忧。

过了几天,小霞来了,好像什么事也没有发生一样,仍然带着甜甜的微笑坐在电脑前,轻松地敲打着键盘。弄得老杨不知说什么好,问:"小霞,你也知道咱这店里没个人不行,你考虑好,结婚以后还在不在这里干,如果还干,我把位置给你留着,如果不干,我要早些找人。"

小霞不假思考地说:"叔,你就找人吧,我结婚日子定了,二月十九。"

这么快!那天是农历二月初八,也就是说再有十一天,小霞就要结婚了,从她第一次与男孩见面到结婚,也只有一个多月时间。

老杨问:"到现在,你和对象一共见过几次面?"

小霞说:"见过两次,一次是相亲,媒人领着去的,一次是定婚,

和我爸妈一块儿去的。"

老杨又问："你去过对象家里吗？"

小霞说："去过一次。"

老杨感叹："憨女子，这可是你的终身大事，怎么能这么草率，见过一次就定婚，两次就结婚。你在城里也干三四年了，就没有想过在城里找个对象？"

小霞说："一开始也想过，后来就不想，我妈说，咱就是农村人，还是在村里找合适。"

老杨说："你都二十岁了，应该多为自己想想，别管你妈怎么说，我问你，你喜欢那男孩吗？"

小霞说："不知道。"

老杨又问："你知道那男孩是什么脾气，有什么爱好吗？"

小霞说："不知道，只听媒人说那娃挺乖的。"

老杨简直痛心疾首，说："憨女子，连这些都不知道，就要结婚，不是太憨了吗？以后性格不合怎么办，你要是不喜欢他怎么办？"

小霞默然无语，再问一句话也不说，簌簌掉眼泪。

我和老杨都是从农村出来的，至今对农村繁重的体力劳动和恶劣的生存环境仍然心有余悸，眼睁睁看着这样一位不谙世事的女孩，又要回到令我们苦不堪言的农村，心里都有说不出的痛。这可能是我们一再开导小霞的原因。乘小霞出去办事的空儿，我和老杨分析小霞急于结婚的原因。莫非是小霞对那位我们没见过的男孩一见钟情，莫非是青春期的女孩对异性有一种本能的渴望，或者是小霞年龄还小自己没有主见。这些很快都被我们一一排除。因为从谈话中，丝毫看不出小霞对那男孩的喜爱，也看不出她对结婚的急迫，好像始终在说一件与自己不相干的事。我们都想到了小霞的父母，想到了农村常见的包办婚姻，这可能是小霞这么快结婚的真正原因。

我们决定去找小霞的父母谈谈。

小霞的家在一个叫贾庄的村子里。第二天中午，我和老杨、表兄拉上小霞来到贾庄。巷口坐着几个女人，见我们来了，投出惊异的目光，一阵窃语。小霞爹妈看见我们，更加吃惊，手脚无措地倒水拿烟。从家里的情况看，这确实是个贫困家庭。两间破旧的西房，一家人都挤在里面，院北面空出一大片地方，想来是留着将来盖房子。小霞爸是个黝黑粗壮的汉子，一问才四十三岁，比我还小点。见是同龄人，我顾不得生疏，开玩笑说："这么好的女子，你就舍得让孩子嫁到村里受苦？"

小霞爸嘿嘿笑，一言不发。

小霞妈是个矮小乖巧的女人，脸面被太阳晒得发红，接上话说："谁不想给娃找个好家呢，以前也说过几家，小霞就同意这个。"

老杨说："你看小霞那样，是在村里下苦的人吗？"

小霞妈说："谁说不是呢，这娃从学校门里出来，就没干过庄稼活儿，前两天，帮她爸拉一车土还差点扭了腰。"说完，又叹一声，说："村里的女人还不都是这么过来的吗！"

老杨语重心长，说："我比你们年长十几岁，小霞又在我那里干了一年，本来不该我说的话，今天想给你说说。"

小霞妈说："我知道你也是为小霞好，小霞在你那里待了一年，每次回来都说她伯怎么好。"

老杨说："我也有女儿，现在都出嫁了，我觉得我们当大人的，替儿女婚姻着想，一是要看感情，只要孩子们情投意合，哪怕人家两口子将来拉棍子讨饭，咱也没说的，你说是不是？"

小霞妈点点头，指着低头坐在一旁的丈夫说："可不是，当年我嫁到他家时，你问问有啥，连一面正经房都没有。花了二百块钱就把我娶过来了。"

老杨接着说:"二是要有利于孩子以后的发展,小霞在城里干三四年了,这一结婚,人家男方那头还能叫她再到城里干吗?这不把娃一生毁了吗?三是要为孩子以后的生活着想,咱就不讲爱情,也不讲事业,总该图人家一份好光景吧。你说说,村里的条件再好,毕竟是农村,怎么能和城里比。"

小霞妈怔怔地望着老杨,说:"谁不想让孩子好,可小霞愿意。"

我插话说:"至少让两个孩子相处一段时间,相互有个了解,从见面到现在一个月就结婚,也太快了。"

小霞妈说:"人家那头催得紧,我原想等过了麦天,家里的房子盖好了再说,人家不同意,非要马上过事,这不,连准备都来不及。"

我们说话时,小霞一直倚在门边,没插一句话,好像我们在说别人的事。小霞爸也一直没说一句话,不停地抽烟,叹气。我们不好再说什么,告别后,小霞父母一直把我们送到巷口,临行前,小霞妈对老杨说:"你就再找个人,小霞结婚后就不去了。"

车出村后,表兄说:"你说咱们办了一场啥事,人家马上就要结婚,咱几个拼命想往黄里说,小霞爸今天算客气,没拿根棒子把咱几个打出门就不错。"

我说:"是,再说,小霞妈可能会认为咱们几个别有用心。"

老杨大怒:"有什么用心,咱就是看小霞这么聪明的孩子嫁到村里,觉得可惜。"

小霞结婚那天,我和老杨都去了。一身新娘装束的小霞分外妩媚动人,一手拿着一束塑料假花,按照当地风俗,另一只手紧紧攥着一面镜子,看见我和老杨,微微一笑,很快在鼓乐声中走出了家门。那一刻,我突然明白我和老杨都想错了,分明做了一件棒打鸳鸯的荒唐事。

坐在老杨的门店里,我和老杨分析我们究竟错在哪里。老杨仍然想不明白，问我："我觉得咱们苦口婆心，把道理说得够明白了，小霞那么机灵，不会听不懂，这到底是为什么？"

我说："小霞和我们不一样，咱是在农村受怕了，想方设法出来，小霞一从学校出来就在城里混，是在城里受怕了，想有个安逸的家，过一种安定的生活，这么浅显的道理，咱们一开始怎么就悟不出来。"

老杨说："小霞在我这里的工作很轻松，也没人欺负她呀！"

我说："你想想，小霞初中毕业，才十五六岁就到了城里，一连换了四五个地方，混到你这里，算是最好了，每月才挣三百块钱。而且一直过着飘忽不定的生活。这座县城，从来没有给过她什么温暖，她也从来没有想过在这里有个自己的家。在这里，她得到的只有歧视和不安。她其实一直从内心里惧怕城里的生活。从有了这个对象那天起，她一会儿也不想在城里待。"

老杨若有所思，说："我还是不明白，你说城里就那么可怕吗？"

我说："对你我并不可怕，对小霞那样的小姑娘，就非常可怕。"

过了几天，小霞和她新婚的丈夫来了，一刻也没有停，到这里来，只是为了取走她留在店里的东西。临走，默默和我们告别。望着她远去的身影，我想，以后，小霞再也不会到这里来了，她已经有了个她想要的家。

老杨喃喃说："这么长时间，我才看出小霞实际是个有主见的孩子。"

赏 析

当下农村，年轻人离开家乡到外地打工非常普遍，有的去了南方发达城市，有的在周边城镇。有不少打工者赚了钱，在城里买房子，从此变成城里人。也有的打工女孩嫁到城里，从此改变了命运。文中的小霞长相美丽，性格文静，工作努力，待人热情，因而得到老板的赏识。老板是个文化人，既希望女孩能长期留下来给自己工作，同时也希望能帮她在城里找到对象，借此改变小霞的人生命运。文章刚开篇就叙述了小霞要结婚的消息，令人感到突兀和震惊。婚姻是人生大事，见面一周定婚，一月后结婚，在如今生活中，即便是农村，也是闪婚了。难道是父母贪图钱财，包办婚姻？紧接着文章又描述了小霞和男方仅见过一次，对男孩情况一无所知的情况，层层递进，进一步营造了这是一桩悲剧婚姻的氛围。当老板和朋友决定"拯救"小霞，驱车赶到小霞农村家里时，将紧张的气氛推向了高潮。但结局却让人意外，这桩婚姻尽管时间很短，却是小霞见过几个人后自己中意的，谈不上父母包办。过惯了农村生活的小霞在城里待了几年，并没有完全适应和融入城市生活，她有自己对今后生活的明确选择。

  文章通过欲扬先抑的写法，说明了生活没有对错，没有好坏，选择自己想要的就是正确的。同时也阐明了不能以己度人，不要随意把自己的观点强加于人的道理。

（朱海红）

> 朱海红，中学高级教师，山西省作家协会会员，临猗县作家协会副主席。在《山西教育》《教育督导与评估》《新课程》等刊物发表教育论文20余篇；在多种报刊发表诗歌、散文、小说多篇（首）。出版有长篇小说《你是一朵美丽的花》。

马氏女

一行人外出旅游，极目望去，青山绿水之间，风景如画。也许是飞泉瀑布激发出对往事的回忆，那一刻她好像回到了童年，冲着远处的大山又唱又跳，又喊又叫，完全忘情在山水之中，仿佛变了个人。平常，在大家眼里，她是个典型的淑女，娴雅大方，温柔善良。在大家对她的不寻常举动感到吃惊时，她仍是一脸陶醉，说："好久没有这么无拘无束地喊几声了，其实我小时候是个马氏女。"

听了她的话，我的脑子里立刻出现了一个泼辣疯癫的小女孩。在家乡河东，马氏女并不是专指某一个人，更不是指姓马的女子。被称为马氏女的女孩子，一般都有主意，聪慧，活泼，话多，叽叽喳喳，像小鸟一样好动。平常的情景是：几位老太太坐在树荫下有一句没一句地拉家常，一个小女孩跑过来，风风火火，眉目之间带着一股野性，一开口说话，就让人感到口无遮拦。其中一位老太太会带着几分怜爱，指着女孩说："马氏女子！"那时候，小女孩并不在意，她也许不知道马氏女的含义，该疯还照样去疯，该玩还一样去玩。

如果是小女孩当着大人的面，无所顾忌，任性妄为，大人们则会嗔怪："马氏！"语气中带着几分默许，几分称赞，还有几分对女儿的爱怜。在这里，"马氏"又变成了一种行为，专指小女孩的风风火火，顽皮好动。

我曾经问过一位看上去十分腼腆内向的女子："你小时候马氏过吗？"她说："女孩子谁没有马氏过，只不过马氏的程度不一样。"

河东地区是中华民族的发祥地之一，文化底蕴十分丰厚，普通老百姓随口说出的一句话，说不定蕴含着高深玄妙的文化。马氏女这样的称呼，我从小就听过，也不知道把多少女孩子叫马氏女，却从没有对这个称呼深究过。前两天，为了弄清马氏女的来由，专门拜访了一位研究地方语言的老学者，没想到老先生也说不清楚，和我一起翻了许多资料，仍不得其解。中国历史上，曾出现过许多马氏女，但不过是些真正姓马的女子，浩瀚史籍中，那些姓马的女子都中规中矩站着，没有一位是我要找的马氏女。

古书记载了一位马氏女，扶风（今陕西兴平东南）马氏女。规继室也。善属文，工隶草书，时为规答书记，众人怪其工。及寡，董卓聘之，夫人不屈，卓杀之。面对这位被董卓逼婚的女子，我沉思良久，感觉这个马氏女太文静。

曾有一首写马氏女的唐诗：女是寄生枝，男是冬青木。冬青驾白鹅，寄生跨黄鹿。若遇宼相凌，稳便抛家族。早早上三清，莫候丹砂熟。这个马氏女后来成了仙，也不是我要找的。

民间传说中，姜子牙的老婆也被称为马氏女，后来被穷困潦倒的姜子牙休了。显然也不是我要找的马氏女。

与我要找的马氏女最相近的是朱元璋的妻子马皇后。她那双特立独行的大脚和爽朗鲜明的个性，都与我要找的马氏女基本相同。母仪天下，知书达理的马皇后是正统的，民间传说中的马皇后则是个性格泼辣，风风火火的女子。也许传说中的马皇后就是我要找的马氏女。在百姓的口口相传中，马氏女就成了一个特定形象，马氏也成为一种特指行为。

被称为马氏女的女孩子大都外向，不知道掩饰自己，率性开朗。女儿小时候，性格外向，好在人前表现，我和妻子常喊她马氏女。四岁那年，表弟结婚，我领她去二姨家走亲戚，乐人吹吹打打完了，女儿小大人似的，歪着头对乐人们说，你们接着吹，我来跳舞。随着乐声响起，小小的人儿手舞足蹈，翩翩起舞。乐得周围人一阵阵叫好，纷纷喊："哪里来的马氏女子。"女儿现在二十多岁了，让我不解的是，不知什么时候，竟变成了个性格内向，容易脸红的姑娘。我和妻子说起她小时候马氏时，女儿竟不解地问："什么是马氏？"

给我印象最深的马氏女是我的堂妹。堂妹小我半岁，叫绒绒，小时候长得极可爱，白白净净，大眼睛，脸上经常带着天真的笑意。在家里，她是长女，可能是被娇惯的，从小任性泼辣，平常和我在一起打打闹闹，从没喊过一声哥，看见我，很远就喊着我的乳名。人的童年时代可能都是中性的，没有男女之防。绒绒八九岁时，心里刚刚有了道缝，混混沌沌，多少明白男女是怎么回事。一次我找她玩，只见她小脸儿板得一本正经，好像发现了什么似的，盯着我看了半天，突然指着我大声喊："你是男人！"脸上的神情既得意，又鄙夷，旁边的婶子觑了她一眼，说："马氏！"

以后，再喊我时，名字后面就加了哥。

以后，我也知道了绒绒是个女孩。

我很喜欢堂妹的马氏劲儿，直到她长成大姑娘了，有时候还喊她马氏女子。有很长一段时间，我甚至以为大人们说的马氏女就是绒绒。生产队那会儿，她是队里的文艺骨干，晚上开会，大家蔫蔫的提不起精神。队长说，绒绒，唱支歌。不用再说第二遍，绒绒已经扯开了嗓门儿，在大家的喝彩声中，一曲接一曲地唱。绒绒渐渐长大了，身上的马氏气在一点点减少，文文静静，有了女孩的羞涩，也有了少女的光彩。见了我这大半岁的哥，不再像以前那样嘻嘻哈哈，死乞白赖。再后来，我看到她白净的脸上有了一丝哀怨，明亮的大眼睛常常盯着一个地方发呆。她失恋了，已经定了婚的对象，是我儿时的伙伴，在外面找到工作后，很快抛弃了她。那时候，农村和城市是两重天，农民和工人根本就是地位不对等的两种人。现在看，抛弃了堂妹的男孩子，当初不过是在外地做了个煤矿工人，一个月工资才四十几块钱，但依那时的社会环境，确实已经具备了看不起堂妹的资格。

绒绒后来的婚姻和一般乡下女孩没什么两样，定婚没几个月，就匆匆结婚。以后，过着和多数农村妇女一样辛劳而又庸常的生活。前些天，我回老家时见到她，竟有些不敢认了，一头蓬乱的头发已经花白，满脸干涩的皱纹，俨然已是个老妇。若在城里，她应该还是风韵犹存的年龄。和我说话，那双明亮的大眼睛不见了光彩，被鱼尾纹簇拥着，发出忧郁的光。站在巷中间，絮絮叨叨地向我诉说着生计的艰难和人生的不易。

和我说完话，堂妹缓缓朝远处走去，神情黯然，脚步沉重。望着她的背影，我感到一阵难受，突然朝她喊："马氏女！"堂妹回过头来，惨然一笑，又朝远处走去。

这就是当年阳光灿烂的堂妹吗？从她的脸上，我已看不到半点马氏女的痕迹。从她的动作上，也看不到半点马氏的举动。

按照我们这里习俗，女孩子到十六七岁时，就很少有人喊马氏女了。等结婚生子后，就完全没人喊了。马氏女是专指三五岁到十二三岁女孩子的，大些的女孩子，在父母的熏陶管教下，一步步地朝着社会要求的女性规范发展，想马氏也马氏不起来了。

女孩子成年后，一定都会怀念被人喊马氏女的岁月，和我一起旅游，在山间大喊的女士可能就是在寻找当年那种无拘无束的感觉，但也仅仅是一瞬间而已，过后，很快又变成了不苟言笑一本正经的淑女。从一个小女孩，长成大姑娘，再变成中年女人，几十年过去，社会、文化、传统像盔甲一样，把人一层层包裹得严严实实，女性们拼命地想让自己典雅高贵，谁还在乎小时候的马氏气？

那次旅游回来，在机场倒换飞机，一队空姐从身边经过，个个训练有素，气度高雅。望着她们，我想，不知道她们小时候马氏过吗？

今天下午，单位开会，望着会场上神态各异的女性，我当时就想问，你们小时候，有谁被喊过马氏女？

赏析

方言，也称土话，是指在某一区域流传使用的地方性语言。它带有泥土庄稼地的气息，说起来生动形象，被人们口口相传，有着极强的生命力。本文描述的"马氏女"是晋南一带的方言，形容女子开朗活泼，率性自然，带点野性。长辈说自家女孩子是"马氏女"时，和说"疯女子""憨女子"一样，都是似贬实褒，带有怜爱的意味。但一到出嫁的年龄，再被他人这样称呼就明显带有"举止轻佻不稳重"的贬义了。李清照《点绛唇》词里"见客入来，袜划金钗溜。和羞走，倚门回首，却把青梅嗅"描述一个天真烂漫而又情窦初开的少女形象，这种不拘小节的举动，也称得上"马氏女"了。而古代女子一到成年就会被"三从四德"束缚，从此谨言慎行，规规矩矩。即便在现代社会，这种观念仍根深蒂固。除了传统观念和社会习俗外，生活的沉重艰难和不如意也摧残、压抑着人的天性，文中的马氏女"绒绒"便是如此，因为失恋和后来的婚姻不如意及生计的艰难未老先衰，失去了少女时的活泼开朗。文章开头的"她"忘情于山水间，又唱又跳，又喊又叫，由典型的淑女回归为小时候的"马氏女"，但这种无拘无束仅仅是一瞬间，在文章的结尾，作者说那个在山间大喊的女士过后又将变成不苟言笑一本正经的淑女，还有那些训练有素气度高雅的空姐，因为社会对她们的期望和要求就是典雅高贵。相信随着社会的进步、思想的解放以及生活质量的不断改善，女性受到的束缚必将越来越小。

  本文从一起旅游的女子联想生发，写民俗、写生活、写自己童年时代的女孩子，最后，又自然回归到开始写的那位女子，这种首尾相衔，娓娓道来，让读者跟随作者的思考畅想，是散文作品中常见的结构方式。本文的可取之处在于，作者将这种结构方式运用得娴熟自如。

（朱海红）

凭什么高傲

那是我第一次见到她。会议室里坐满了人，乱哄哄的没有秩序。她晚来了一会儿，玻璃门被轻轻推开，她出现在大家面前，高贵得像一只白天鹅，胸脯高挺，步履矫健，高跟鞋敲击着地面，清晰而有节奏，长长的风衣裙裾一样甩开。朝大家不卑不亢地点点头，坐到了她该坐的位置后，理理长发，一脸冷艳，目不斜视。会议室里好像只有她一个人，却到处都飘逸着她的气息，很快静了下来。

我一眼看出这是个高傲的女人。望着她，我想，这女人凭什么高傲。

过后，和她相熟了，得知她小时候受过苦，从一个农村姑娘，靠自己一步步奋斗，才取得了现在的成就。现在的工作也并不如意，上班，下班，洗衣，做饭，相夫教子，这些女人该干的，她一样也没少干。问她："为什么总显得那么高傲。"她并没有因为我的唐突生气，说："没有啊，我其实很自卑。"接着她说了在工作中的一些事，列举了因自卑造成的失误。但在我看来，她依然是那么高傲，待人接物，总有一种居高临下的姿态，浑身充溢着一种唯我独尊的气质。一次，几位朋友在一起喝茶，我再次向她提出这个问题，她做沉思状，说："我其实是不谙世事，哪里谈得上高傲。"

她的理由并不充分，不谙世事表现出的应该是天真幼稚，和高傲并没有关系。一个女人如果有一种高傲气质，会让与她接触过的异性敬重，不知道有多少女性想做到这一点，最后反倒弄巧成拙，她却在无意中做到了。我想到了她的童年教育，又很快否定了这一点。据我所知，她从小就生活在农村，过着和一般的农村女孩一样的生活，受着一样的教育。后来，我感到自己找到了她高傲的理由，她说的不谙世事确实很有道理。她有一个幸福的家，一个情投意合的爱人，对生活很知足，是一个沉浸在幸福中的女人，生活以外的事再复杂，她都会视而不见，社会的世俗，人情的冷暖，好像永远和她没关系。她曾说过单位里人际关系的复杂，工作中的困难，说完后就忘了，所有这些似乎都被她踩在脚下，出现在面前的，永远是清纯明亮的天空，一切都是那么美好。

我还遇见过许多这样的人。有一天，在长城脚下遇到一位放羊老汉时，在他自负的神情面前，我再次感到了自己的猥琐。那天的天气很好，那位满脸皱褶的老人披一件破旧的褂子坐在崖畔，平静地望着天空，我和他打过招呼，他微微一笑，又去望他的天，似乎我这个人根本就不存在。直到我再次打过招呼，才好像想起了我，问："是写书的，很辛苦吧。"羊群像白云一样散布在山坡上，他的目光始终投向远处，深邃而又冷漠。从他的眼里，我读出了自信和高傲。

可能是生活工作并不如意，我羡慕那些高傲的人，经常以一种自卑的心，揣测着每一颗高傲的心灵，从不同身份的人中，我看出了不同的高傲。学者、教授、官员、企业家，无论哪一种高傲，如果带上了世俗功利的成分，就会散发出一种骄横气息，让人感到不舒服。

她和牧羊老人的高傲都是渗在骨子里的。我想，即使失业后去捡破烂，她也还会是那么一副高雅的气质。因为，她的高傲本来就没有任何理由。有了理由的高傲就不再是高傲，而是得意。

刘文典是三四十年代著名的学者，西南联大时期，躲日本人飞机轰炸，见他平素貌视的新文学作家沈从文也在人流中，便顾不得自己气喘如牛，转身呵斥道："你跑什么跑？我刘某人是在替庄子跑，我要死了,就没人讲《庄子》了!你替谁跑?"

刘文典说出了自己高傲的理由,给人的感觉就不再是高傲。

赏析

在世人眼里,高傲是需要资本的。也正因为如此,作者对一位女性的高傲行为感到百般不解,一再追寻答案。后来了解到这个女性之所以高傲,既没有什么可炫耀的资本,也并非本人有意为之。她之所以显得高傲,不是看不起别人,而是一种内在的高雅高贵气质。文中的"她"说自己不谙世事,其实是内心单纯,生活简单,知足常乐。文中还提到一个牧羊老人,穿着破旧的褂子坐在崖畔,见到城里来的作家不但没有一点自惭形秽、好奇羡慕,反而自信满满,神情倨傲。"壁立千仞,无欲则刚",正因为那个女人和牧羊老人没有世俗的欲望,没有名利的追求和崇拜,所以才会具有渗透在骨子里的高傲。反观社会上一些有点权力和金钱的人,动辄对下属或有求于他的人趾高气扬,颐指气使,而当遇到上级领导或自己有所求的人时则往往立马变得卑躬屈膝,极尽夸赞逢迎之能事。这种建立在金钱和权力优越感的高傲是肤浅的,也是浮躁丑陋的。文章最后还写到著名学者刘文典的高傲,刘文典是国学大师,学识渊博,他人高傲,是恃才自傲,仰仗自己的才气看不起别人。但无论理由是什么,这种高傲都让人不舒服,不是作者认可的那种高傲。

(朱海红)

我那挨刀货

母亲的病是脑血管堵塞影响了眼部神经，造成暂时失明，处于半昏迷状态，情况很严重。我手忙脚乱把母亲送进眼科医院病房时，里面站着一个女人，看样子是从农村来的，三十多岁，身材瘦削，短发，穿着件淡绿色的上衣，眼圈乌青，不像是在治病，空荡荡的病房里没有点滴架，床头的小茶几上没有药物，连病床上的被子也叠得整整齐齐，一尘不染。我当时的感觉是这病房太凄冷空旷。从母亲进入病房起，女人一直在走动，一副心神不宁的样子。下午，五弟夫妇，两位表弟，还有三姨陆续来到医院看望母亲，病房开始有了点生气。女人进进出出，步履矫健，我送三姨时，看见她在医院大门口张望，神情焦躁，一副心烦意乱的样子。医院门口人来人往，谁也弄不清她到底是个做什么的。

亲戚们走后，母亲迷迷糊糊地喊"想小便"，不等我扶起母亲，那女人走过来，接过便盆，说："让我来，这不是男人干的活。"女人手脚利落，很快又扶母亲躺下。这时，我惊讶地发现，这女人只有一只手，左手从手腕处齐齐断掉，光秃秃发亮的腕部像一截肉棍。

我问她是哪个村的。

她说："马家沟的。"有了话题，女人顿时谈兴十足，把他们村在县城工作的人一一列出来，仿佛个个都是高官名人，问我有没有认识的。

我一个都不认识，女人突然想起了她的兄弟，说在某某厂当经理，这几年发了大财，连小卧车都坐上了，还当上政协委员。问我知不知道，我仍然没听说过，女人很失望，沉默了一会儿，很快又兴奋起来，喋喋不休地说她的兄弟小时候如何调皮，现在如何能干，对她这个姐姐如何好。

入夜了，医院里病人不多，显得异常宁静，整个医院只有女人说话的声音。母亲仍然处于半昏迷状态，不时发出呓语。女人总算靠着病床上的被子坐下来，直到这时，我仍没能弄清她到底是个病人，还是医院里的工作人员。不由得问："你是来看病？"

女人直起身，指着眼睛说："来看眼睛。"

昏暗的灯光下，我这才仔细看女人的眼睛，看样子她的眼睛是被人打的，一只眼睛眼圈乌青，熊猫一样，不等我问怎么回事，女人说："那挨刀的下手真重，就一拳，弄成个眼底出血，下午医生看了，说不要紧，吃点药，养几天就没事。"

我明白，她说的"挨刀的"一定是她丈夫。但从她的话里，我没有听出丝毫的怨怼，反倒带着几分亲昵。我见过许多这样的女人，在家里不管打闹得如何天昏地暗，一到外面说起自家男人来，言语里总带着发自内心的亲切。

病房里一共有三张病床，女人和母亲各占一张，另外一张空着，我侧身躺在光光的床板上面，正好和女人相对。女人一直没有躺下来的意思，靠在被子上，乌青的眼里发出幽怨的光，望着我，说："我那挨刀货，啥都好，就是个暴脾气，厉害起来，像只狮子，一句话不对就挥拳头。"接着，叹一声说："其实也是个可怜人，从小没爹妈，跟着爷爷奶奶长大，连学都没上成。十七八岁时打架把人弄成重伤，在监狱里关了几年，坏脾气还改不了。这次，只为一句闲话，就和我动起了手，其实，我也是为他好，叫他别和以前那些兄弟来往。"

听了女人的话，我想象着她丈夫的样子，长长的头发，留着小胡

子,面目狰狞,脾气暴戾。问:"你家掌柜现在做什么?"

说起丈夫,女人立刻来了兴趣,直起身,说:"从监狱出来后,学了房屋装潢手艺,整天在外面干活,给人装潢房子,现在连徒弟都带上了。"女人说着,挥动胳膊,那只断腕在灯光下发出凄惨的光,异常刺眼,让人不由得猜想她生活中的苦楚。

我问起了她的手,她抬起断腕看了一眼说:"哦,都好多年了,轧棉花时弄断的,还是在南窑村时的事。"她说得很随意,好像那只让人伤感的断腕早已随着远去的岁月变得并不重要。我以为她是做姑娘时就弄断了手腕,问:"你娘家是南窑村的?"女人不好意思地笑了,这是我第一次看到这个女人露出羞涩的神情,好像无意中泄露了什么秘密,被阳光晒得发黑的脸上,现出了红晕,盯着天花板看了一会儿,说:"我是后婚,改嫁给现在丈夫的,南窑村是我以前丈夫的村子,我娘家在李家卓。"

我的话大概勾起了她的伤心事,不便再往下问。病房里的药水味合着寂寞,气氛变得很难堪。女人很快打破了沉默,说:"其实他也是个好人,离婚这么多年了,我从没有恨过他。"

我问:"是他抛弃了你?"

女人说:"也不全是他不要我,我虽然断了一只手,但不妨碍干活儿。那人脾气好,有文化,在村里当会计,比我现在的丈夫知道疼人,我们在一起生活了六年,从没有吵过嘴,更别说动手。"

我问:"后来为什么离婚?"

女人说:"他和别人好上了,是让我凑巧碰上的,那天晚上,我从别人家串门出来,看见他和村里的妇女主任走在一起,两个人手拉手,肩靠肩,亲昵得像初恋的情人,我和他生活了六年,从来没有这么亲过。他们在月光下走了很长时间,从巷里走到打麦场,又从打麦场走到地里,最后站在一片棉花地头。我一直跟在后面,跟着跟着,就感觉月光下两个人的影子合在了一起,那会儿,遍地的月光像水一样地流,把我淹没了。"

我问:"你没有上前去戳破他们吗?"

女人说:"没有,实际上我是心死了。"

我说:"那就眼看着他们胡来。"

女人说:"这有什么,这次是我看见了。如果我没看见,人家还不照样这样。第二天,我就提出了离婚,他一开始很吃惊,眼睛瞪得有核桃大,后来还是同意了。"

我问:"他就没有说什么?"

女人说:"没有,他知道我的脾气,我这人认准了的事从来不回头。"

女人说到这里停住了,发青的眼睛愣愣的,在回忆着那一段往事。过了一会儿,叹口气,又咯咯笑,说:"只能怪我傻,后来,他又找到我,说桃枝,我们复婚吧。我问他你到底喜不喜欢那个妇女主任。他站在我面前,半天说不出一句话。我明白了,他提出复婚并不是喜欢我,是那个妇女主任不再和他好了,人家有家,舍不得男人和孩子。"

我问:"那时候你是不是已经想好了以后怎么过?"

女人说:"那时,只是置气,哪能想到以后。许多人都觉得我傻,说你一个快三十岁的残废女人,黏也要黏住他,不然以后的日子可怎么过。我不这么想,我没法和一个爱上别的女人的男人在一口锅里搅稀粥。离婚后,在娘家待了多半年,就和现在的这个丈夫结婚了,是别人介绍的。他叫拴虎,村里人都叫他虎娃,从小父母双亡,以前没结过婚,娶我这样的二茬子残废女人,主要是因为家里穷,我们结婚时,他刚从监狱里放出来才不到半年,爷爷奶奶没能等到他出来,前两年就死了。当时,他那个家呀,哪里算个家,连一只睡觉的床都没

有,穷得拿不出一分钱,我们结婚时,连一桌客也没请,他骑一辆自行车把我接过去,就算结婚了。"

女人的谈兴很浓,已经过了午夜,仍没有休息的意思。母亲醒来过一次,不等我走上前,被她抢到跟前帮着解了小便。等我清洗了便盆,回到病房,女人还斜靠在被子上,对我说:"我能看出来,你是个孝子,会体贴老人,也会体贴老婆。"

我说:"这和老婆有什么关系?"

她说:"按说,老人病重,你应该把老婆叫来,一个男人守在这里太不方便。"

我说:"我妈这病发得突然,再说老婆还要照顾孩子。"

等她重新躺在病床上,我问:"你们后来过得好吗?"

女人说:"庄稼人过日子,说不上好不好,贫贱夫妻,打打闹闹,七八年就过来了。"说着,女人又叹了口气:"他就脾气坏点,是个过日子的人,庄稼人一辈子,能安安生生地过日子就满足了。这几年,他在外面带着徒弟干活,我一个人在家里,不光要给两个孩子做饭,还养着两头猪,经营五亩棉花,八亩枣园。"

见我无意中望了一眼她的断腕,她说:"别看我手不方便,一天也能摘一百多斤棉花,一点不比浑全人差。村里人都说我跟他这七八年,是把一只手当几只手用的。我什么苦都能吃,什么气都能受,别人能干的,我也能干,就是不能容忍他对我不好,他一发脾气,我感觉天都快塌了,你说,要是他再像以前那个男人一样,我还有什么活头。"

我突然想起了她的孩子,她的棉花、枣园,还有她养的那两头猪,问:"你来了,家里的那一摊子事,谁来管?"

女人说:"其实这次打架,我伤得并不重,庄稼人皮实,这点伤算什么,以前比这重的还有几次,我连医院也没来,在村里卫生所包扎一下就过去了，这次想开了，一定要住院，我是昨天下午来的，比你妈只早两个小时。他那会儿还正在气头上，没有来送，我自己搭了几十里的车，自己办好住院手续，家里那一摊子全留给他，就是要让他以后知道心痛自己的女人，他要是真有心，还把我当老婆，明天就会来接我回去。"

我问："他要是不来接呢？"

女人说："那我就住下去，十几年了，我还从没有这么好好歇过一天。"

我笑她，说："我看你住不下去，下午我就看见你心慌火燎的，待不住了，那时候才来不到两个钟头吧？"

女人也笑了，说："要不怎么说我这人没出息、憨，一想到孩子和他吃不上饭，圈里的猪嗷嗷叫，地里的棉花等着摘，园里的枣树要打药，心里就急，一辈子就这受苦的命。"

夜深了，我有些犯困，女人说："天就快亮了，要不你睡一会儿，我反正也睡不着，帮你招呼婶子。"

我不好意思让一个不相识的女人替我照顾母亲，又和女人说了一会儿话，天渐渐亮了。

医院里刚有了响动，女人又坐不住了，一趟接一趟地往医院门口跑，一会儿医生来查房了，女人问："我这病还要住几天？"

医生说："你这病不重，按说还要观察几天，眼底出血，主要靠养，你要愿意回去的话，今天就能出院。"

听医生说完，女人反倒显得很失望，拉起了被子，蒙上头，直直地躺在了床上，这时，我才发现，从入医院到现在，十几个小时过去了，这是她第一次把病床上的被子拉开，像个病人一样老老实实躺在病床上。这十几个小时，她其实一直在焦急地等待，等待着男人的到来。我想，如果那个叫拴虎的男人昨天下午就能来的话，她当时就会

和男人一起回去。她来医院的目的并不是治病，是要让男人恭恭敬敬地把她请回去，好好做一回女人。

女人蒙着头，在床上辗转反侧，被子抖动着，我不知道这个要强的女人是不是在哭。劝她："别着急，时间还早，说不定一会儿就来了？"

女人哽咽着，在被子下说："他再不来，我就死在这医院里了。"

话没说完，一个五大三粗的男人走进病房，身后跟着个唇红齿白的小男孩，走到女人身边，摇摇病床上的女人，说："桃枝，我早就来了，到街上给你挑了件衣服。"

女人仍然蒙着头抽泣，男人说："你看你，都两年多了也不添一件衣服，这次反正也到城里了，我寻思无论如何也得先给你买件新衣服，咱光光鲜鲜回去。"

女人坐起来，乌青的眼睛里泪水盈盈，一声不吭，把那只断腕伸进男人提起的衣服里，又等着男人把扣子系上。男人说："很合适，柱子，看你娘好看吧。"女人朝我看了一眼，像终于打了胜仗一样，昂首走了出去。

妇女是家庭暴力的主要受害者，受传统的"男尊女卑"夫权思想影响，多数女性在遭受家暴时都选择了忍气吞声。文中的女人是个缺了一只手的残疾女子，但是非常要强，肯吃苦，也很有主见。她在第一个丈夫出轨后选择了离婚，在感情上她容不得背叛，也不能忍受和一个不喜欢自己的人一起生活。二婚的丈夫家里穷，从小父母双亡，脾气暴躁，蹲过监牢，这也为以后的家暴埋下了隐患。屡次遭受家暴的女人这次选择了住院，但目的并不在治病，更多是考验丈夫对她的感情，看男人会不会恭恭敬敬地把她请回去。

　　文章一开头，就描述了医院病房里站着一个奇怪的女人，没有药物，也不输液，甚至病床上的被子都没有铺开。这个女人心烦意乱，不时到医院门口张望，让作者很是疑惑。等夜深人静时，这个女人打开了话匣子，她很乐意向别人倾诉自己的生活，渴望得到理解。虽然身在医院，但她魂不守舍，时刻挂念着自己的家，惦记着她的丈夫和孩子。故事结局是圆满的，她丈夫带着孩子来接她，还给她买了新衣服，看来男人还是爱她的，于是女人像终于打了胜仗一样得意。

　　由此，我们可以看出，作者写女人的爱情、写她的要强、写家暴，实际都是在写人，写人性。这才是文学千年不变的主题。

　　本文通过生动的语言叙述了一个常见的故事，其中，对女人形象和心理的描写，甚为精彩，值得初学者品味。

（朱海红）

我这人恨活

病房里一字排开三张床。医生查房前,床上斜靠着三个女人,床前齐刷刷坐着陪床的三个男人,柔声慢语地询问着女人的感觉。中间那张床上躺的是我妻子,坐在床前的是我。左面的女人斜靠在床上,望着这情景,哧一笑,说:"你看咱这像个啥,像不像在谈情说爱。"

不等别人说话,又哈哈笑,说:"咱这种年纪,父母上了年纪,儿女还指望不上,有了病,还得靠自家男人。"

这女人昨天才动了手术,前两天,她刚住进来时,我就感觉到了这女人身上有一股豪气,不足一米六的个头,黑黑瘦瘦,眼睛里似乎永远带着种不认输的劲儿。问她得的什么病,说是:"疝气。"我不知道疝气是什么病,右面陪床的男人说:"疝气是男人才得的病呀,没听说过女人得疝气。"听他这么一说,我也想起来了,小时候,我的一位童年伙伴曾得过疝气,阴囊肿大得像个皮球,晃晃荡荡浮在胯间,小鸡鸡儿倒像个气门芯儿。便明白了那人为什么说疝气是男人才得的病。

女人说:"我这人恨活。"

邻床男人说:"这就对了,疝气都是出力太过才得的。"

我还是不理解,问:"女人疝气长在什么地方。"

女人并不怪我的唐突,咯咯笑,说:"女人没那东西,胡乱长。"

我不好意思再问。

女人却看出了我疑惑,说:"我的疝气出在大腿根。"

旁边的男人说："和男人的位置差不多。"

女人说："我家里有十二亩果园，每年摘苹果时，都是我一个人一筐筐从地里挑出来的。"

我也曾经营过几年苹果园，知道把十几亩苹果一筐筐从苹果园里挑出来是什么滋味。那是壮劳力干起来也会叫苦连天的活儿，一晌下来，会让人精疲力竭，浑身像散了架一样。因而我能想象出这女人挑苹果是怎样一种场景。茂密的苹果园里，一个瘦小的女人，挑着近百斤苹果，大汗淋漓，在果树间磕磕碰碰，跟跟跄跄走到地头，把两筐苹果卸下，堆得像彩虹一般，又钻进果树间，来来回回，等把所有的苹果都挑出来，女人瘫倒在地上，胸口憋闷，脸色发白，大口大口地喘气，不等气喘匀，又去忙别的。

在农村生活多年，我曾经多次看到过这种场面，也曾看到许多这么干活的女人。碰上这么干活的人，村里人一般都说这人恨活，心毒。意思是说，这种人干活不惜力气，不惜身子，像使牲口一样使自己。不管碰上什么活儿，心里憋着一股劲，恨不得一下子干完，就像山里的野兽，遇见再难对付的猎物，也想一口吞下去。在农村，这样的女人是一宝，哪个男人若娶了个这样的女人，算是前世修下了福气。家里有个这样的女人，男人可以什么心都不用操，什么事女人都能打理得井井有条。据我观察，这样的女人一般都有个老实本分的男人，常常抱怨自己命苦，却又容不得别人非议自己男人，把性格上的要强好胜表现得毫无道理。

果然，女人的丈夫一看就是那种老实厚道的乡下人，黑粗的浓眉，细细的眼睛，笑起来，所有的皱纹都朝眼角挤。在病房里两天，从没有见过他主动和其他人说过一句话，女人说话的时候，他安静地坐在病床前，等女人说到会心处，他咧开嘴嘿嘿一笑，算是对女人的话表示赞同。实在坐得无聊时，披上外套，一个人默默走出去，几个

小时不回来。对老婆突然生病卧在床上什么也不能做,他可能还不太适应,失去了主心骨,不知道该干些什么。女人躺在病床上,和病房里的人有说有笑,并不把男人的怠慢放在心上。

第二天上午,男人又出去了,女人好像尿急,左右等不回来男人,忍着痛自己要从床下取便盆,我看见后帮忙取了递上去,女人咧嘴笑笑,说:"这死鬼,又浪到哪儿了。"

快到吃饭时,男人回来了,木木坐在病床前傻笑。女人并不生气,问:"去做啥?这一整晌,要是割麦都放倒多半亩了。"

男人说:"没事,站在大街边胡看哩。"

女人咯咯笑:"是专门盯着女人看的吧,怪不得这么高兴,看上了吧,怎么不领到医院来?让我参谋参谋。"

男人老实,说:"人家谁跟咱呢?"

女人说:"那看了个啥,过眼瘾?"

男人脸红红的,"胡说啥呢。"

见我们笑,女人说:"别看他这人像个闷葫芦,可有老主意哩,当过兵,走过大地方,要生产队那会儿一准儿能当队长。"

我说:"年轻时一定是个帅小伙,不知道有多少女人追呢。"

女人板着脸,一本正经,说:"你别说,还真是,要不是看得紧,人家说不定早就和陈世美一样当上驸马爷了。"

在病房里,这两口子好像不是在治病,男的好像在做一件农活,干完了,扭头便走。女的好像随便到邻居家去串门,说说笑笑,很少表现出动手术后的痛苦。不出两天,女人和病房里所有人处得都像亲戚一样,说起我妻子,叫"他姨",说起我,叫"他叔","他"指的是她的儿女。连他们夫妻之间称呼也是这样,男人把老婆叫娜娜,女人把丈夫叫博博。刚来的时候,听他们相互这么叫,我曾经奇怪,他们那个时代不应该有这种名字呀?望着女人被阳光晒黑的脸和男人憨厚的样子，也感到与这样的名字不相称。听他们叫得亲切，突然明白了，他们一定有个叫博博的儿子，还有个叫娜娜的女儿，他们都以儿女的名字称呼对方，男人喊老婆用女儿的名字，女人喊丈夫用儿子的名字。这是晋南农村的习俗，夫妻之间从不直接喊对方的名字。

这样称呼让外人听起来感觉充满了绵绵情意，像一对热恋的小青年。男人从外面买来了饭，拍拍熟睡的妻子，轻声喊："娜娜，起来吃饭。"

女人要坐起来，喊丈夫："博博，扶我一下。"

男人扶女人坐起来，舀出一勺饭，吹了吹，送到女人嘴边，说："娜娜，这面不如我做的好吃，先将就着，等出了院我给咱做臊子面。"

吃完饭，两口子面对面坐着，男人没一句话，盯着女人傻看。女人想起了什么，说："博博，你到后沟里去了吗？咱那苹果树是不是该浇水了。"

男人说："这两天不是一直待在医院里伺候你吗？没去。"

女人不高兴了，提高嗓门说："你看你这人……"还要往下说，伤口突然疼痛起来，皱起眉头。男人握住女人的手，责怪："娜娜，你看你，怎么老和自己过不去，动了手术还操这心，儿子媳妇不是在家里吗？"

一次次地听他们这么喊，渐渐，病房里所有的人都感到了他们夫妻之间的情分。

做完手术两天后，两口子都在病房里待不住了，话里话外，都是他们的果树、棉花。还躺在病床上，女人的心已飞到田野里，到第三天，医生来查房时，女人就提出要出院，医生说："七天拆线，拆了线才能出院。"

女人说："在医院也是打针吃药，回到家里，望着院里的绿树，

闻着空气里庄稼的味儿,伤口也长得快,你看躺在你这里,闻的是啥味儿,伤口就像去了顶的庄稼一样,别说七天,就是七十天也长不好。"

医生被她说得发笑,说:"你要回去也可以,出了问题医院可不负责。"

女人说:"没事,我身体好,用不了七天就长好了。"

女人说这话的时候,脸上又现出那种恨活的毒劲儿,那一刻,我感到她对自己的病也是一副干活的神态,这病是要医生治的,若要依她,恨不能像她干活一样,咬牙切齿,目光如炬,高高举起镢头,三下两下就把病根除了。

那天下午,女人就要出院了,临行前办手续,望着我嘱咐男人:"博博,你人老实,让他叔领你去办手续。"

男人不高兴了,不耐烦地冲女人喊:"你当我是三岁娃娃?"

这是我第一次看到男人朝老婆发脾气。女人笑笑,真像面对一个三岁娃娃,说:"博博,你看你。"等男人办好了手续,我帮他们搬着行李,放到一辆蹦蹦车上,男人重新将被褥铺开,扶女人坐上去,说:"娜娜,你坐好了,小心颠疼伤口,我开慢点。"

女人并不理会男人,朝我招招手,说:"他叔,有空来我村里,吃我家的苹果。"

我说:"我想吃老哥做的臊子面。"

男人扭头朝我一笑,说:"好,来呀!"

蹦蹦车突突响,冒出一股黑烟,驰离了医院。我突然想起,和这两口子在一起这么长时间,我并不知道他们是哪个村的。

赏 析

  雕塑家罗丹曾说："生活中不是缺少美，而是缺少发现美的眼睛。"作者对生活观察仔细，通过病房里几天的见闻，描述了一个要强好胜，干活不惜力气的女性形象。为了突出女人"恨活"的性格，文章采取了层层递进的手法。男人陪床无聊去了街上转悠，女人盘问他时说："去做啥？这一整晌，要是割麦都放倒多半亩了。"在女人的头脑里，分分钟的时间都和农活联系在一起。两人吃完饭，女人又操心后沟的果树要浇水。做完手术两天后，女人的心已飞到田野里。到第三天，女人便嚷嚷要出院。

  除了"恨活"的性格，他们夫妻间的情分也描述得十分到位。性格开朗的女人和老实木讷的男人开玩笑，当嘴笨的男人觉得难堪脸红，看到大家在笑，女人便说起男人的优点，她可不想让别人轻视自己的男人。两人用子女的名字称呼对方，充满了情意。在出院时，女人对男人说话像对三岁孩子一样，既是对他不放心，也是一种爱的娇宠。男人铺开被褥后，才扶女人上车，并嘱咐女人小心伤口。一举一动间表现了夫妻俩浓浓的爱。

  作者塑造的这个女人"恨活"，爱生活，爱自己的家园，爱自己的男人。她的生活总是充满阳光，繁重的农活不以为苦，即便因为出力太过住了院也是快乐的，因为她要的幸福很简单。

（朱海红）

娘家人

　　大侄儿为女儿举办婚宴，我回了趟老家，一下车，先看到了姑姑。秋天的阳光下，老太太身子佝偻，艰难地抬起头朝我笑，满头的白发和满脸的皱褶，都洋溢出热情，不等我走近，跟跄几步，拉住我的手长时间不肯放开，问长问短，有说不完的话。姑姑快八十岁了，从我家嫁出去也有六十多年，每次看到我这个不常见面的娘家侄儿都亲切得急不可待，那会儿，我突然感到惭愧，不知道自己何德何能，值得姑姑这样亲近。

　　姑姑这个年纪，娘家父母早已不在人世，连与她同辈的兄嫂——我的父母也过世多年，娘家剩下的只有晚辈，但在她看来，这些晚辈就是她的娘家人，有割舍不断的亲情，寄托着对娘家的思念。

　　不光对娘家人，连早已人去院空的娘家宅院也充满深情。我家老宅原本有两进四合院，从姑姑离开，六十多年间经过多次改造，早已面目全非。我们兄弟都先后离开，老宅常年大门紧锁，变成了座荒院子。没想到，姑姑仍忘不了这个娘家。去年中秋节我去看她，谈话间，她无意中说到，家里的大门如何，门前的巷道如何，邻居的院子如何，言语间，愤愤不平，大声斥责修巷道的主事人，埋怨隔壁人家将院子升得那么高，对老宅的感情竟比我还深几分。后来，表弟告诉我，有时候，找不见姑姑了，只要到老宅门前寻，十有八九能找见。姑姑嫁到本村，却在村子最西头。我能够想象，一位白发苍苍的老妪，拄根拐杖，步履蹒跚，不知用了多长时间，才走到娘家门前。然后，坐在门前台阶上，眼望紧锁的大门，回忆消逝的岁月。这个空寂无人的院落曾承载过她的儿时的快乐，承载过她少女时代的青春时光，有过美好的回忆，是她深入骨髓的心理依赖。当年，从被人敲锣打鼓从这里迎走起，她就永远离开了这个家，由女儿变为人妇。那会儿，她一定渴望大门突然打开，走出个娘家人，将她这个老姑娘迎进家门。

从姑姑对娘家人的感情，我想到了已离世十多年的母亲。当年，母亲对娘家侄儿的感情，比姑姑对我犹有过之。那是一种铭刻在骨子里的情义，至死都难以忘怀。对儿子可以冷漠，可以打骂，可以训斥。对娘家侄儿，什么时候流露出的都只有温情。现在回想，母亲对我的两位表兄，虽不一定比对儿子感情更深，但两位表兄对母亲的影响一定比儿子大，说话的分量比儿子更重。只要是娘家人说出的话，一定不能落空，娘家人要办的事一定要完全照办。我清楚地记得，有次，大表兄发了两句牢骚，母亲竟一连几天睡不着觉，甚至露出惊惧的神情，问我，你表哥那话到底什么意思？我的姨表弟性情开朗，看见两位表兄，常挂在嘴边的一句话是：人家是有理村的人，说什么都是对的。所谓有理村，就是母亲娘家的村子。对于母亲来说，娘家人确实永远有理。

娘家人为什么有理？按照血缘关系，一个家庭的亲族分为：母系亲族、父系亲族和家族宗亲（本家），三者比较，母系亲族所占分量最重。当婚姻形成，一个外来姑娘进入家庭后，她的靠山实际只有娘家人，以后，夫妻间发生纠纷，女人最常见的一招，是将孩子、丈夫放下，跑回娘家，向娘家人倾诉。若娘家人势力大，会兴师动众，找上门为自家姑娘讨公道。有了孩子后，娘家兄弟就是舅老爷。家里但凡逢大事，舅老爷一定是上宾。生小孩过满月，给孩子成亲，舅老爷都要坐在宴席最显眼的位置。兄弟分家，舅老爷有至高无上的权威，

讲究的人家要摆上一桌酒席,将舅老爷恭恭敬敬请来,从中调解后,才能立字据。

娘家像一个温暖的怀抱,一个专门存放感情的保险箱,令嫁出去的姑娘不时想回去重温旧梦。每年正月初三是我们这里女儿回娘家的日子。过去,套一辆毛驴车,拉着一家人,装上准备好的礼品,晃晃悠悠到娘家后,多日不见,母女有说不尽的话,诉不尽的亲情。招待姑爷是娘家每年春节期间的大事,提前准备好丰盛菜肴,既让女儿感受娘家温暖,也让女婿体会妻子娘家人对女儿的关爱。所以,初三回娘家是大事,早晨去,黄昏才回来。去年正月初三,我与妻子去岳父家,一出城,只见平时车辆稀落的乡村公路上车流如潮,行至半路,竟发生堵车,蔚为壮观的车流,排了五六公里。由此我想,每年春节期间女儿回娘家这天,可能是中国人流量最大的一天,因为,不光刚结婚的小夫妻,连妻子那样的老姑娘也要回娘家。

娘家人又是乡村女人一生的牵挂,即使父母不在了,娘家兄弟、侄儿侄女,甚至往下数过几代人,都是永远的亲人。在这件事上,我的妻子最典型。十多年前,弟媳患上癌症,治病八年,债台高筑,家徒四壁。病逝后,留下两个未成年的孩子。从此,照顾兄弟和侄儿、侄女,成为妻子义不容辞的责任。前几年,妻侄女初中结业,想读重点中学,分数又差一点。妻子对我下了死命令:反正我兄弟没钱,孩子还要上重点,你想办法。我只得拉下脸面,四处求人找关系,费尽了口舌,终于让妻弟没花一分钱。早几年,我的女儿也遇到过相同情况,妻子甚至没问过一声,我也无能为力,不得已,只能花高价让女儿上了重点。孩子上中学后,妻子就是家长,是姑姑,也是妈。星期天,必做好丰盛饭菜等侄女回来。平时,学校开家长会、班级联欢会,必定以家长身份参加。侄女若有什么事,一声电话铃响,手头再重要的事也会放下,立马风风火火赶去。照顾了侄女,连她那年过四十的弟弟也放心不下。妻子是农村户口，名下有几亩地，二十多年前栽上了苹果树。随我搬到城里后，不可能再自己经营，若承包给别人，每年有数额不菲的承包费。妻子说，干脆让我兄弟经营了！结果，一包十几年，从来不提承包费，那几亩苹果树，算是白送给她弟弟了。每到苹果采摘季节，家里再重要的事也可以放下，一定要回去几天，钻进果园，风吹日晒，攀上爬下，帮弟弟摘苹果，再不喊腰疼腿疼。有几次，甚至还要拉我回去给她兄弟帮忙。又过了两年，妻弟家房子破损，一时盖不起。我家老宅正好空着，妻子甚至没与我商量，做主让妻弟一家搬进去。我能理解妻子的心情，却难免发两句牢骚，说：“为了你娘家兄弟，你搭上了地，搭上了人，如今连家也搭上。”妻子的理由很简单，也很充分，说：“我兄弟不是光景不行吗？”在她看来，帮她兄弟，天经地义，没什么好商量的。我对女儿感叹："你妈嫁过来多少年，不光心系娘家，实际还是娘家人。"妻子说："我不还天天为你们父女做饭洗衣，操持家务吗。"我说："那是娘家没事，一旦有事，这个家就不是家了，立马会回到娘家，哪怕赴汤蹈火。"

对于嫁出去的姑娘来说，娘家是永远的港湾，是一棵庇荫的大树，不管娘家家境怎样，还有什么人，都是一生的依托，即使故去，仍要靠娘家人做主。

二十多年前，一个秋天的下午，两个中年男人找到我们村，打听谁家姑娘曾嫁到一个叫前胡的村里。经长者回忆，最后落实到我家。来人是报丧的，故去的是个老太太，生于清咸丰年间，享年九十八岁。两个男人来我们村是找老太太的娘家人过去主事。当时，我父母虽还健在，却不在老家，事情落到我头上。在我的印象中，从来没有过这一门亲戚，也从没人去前胡村走过亲戚。我还是被稀里糊涂拉去。前胡村离我们村不远，三五里路，不一会儿就赶到了。刚进家门，立刻被奉为上宾。坐定后，老太太两位白发苍苍的老儿子面对我这个三十出头的年轻人，好像没有丁点陌生，露出谦恭的笑，对我说丧事打算如何办，要请多少桌客，花了多少钱雇的乐人，又让我看还没入殓，躺在门板上，身着寿衣，脸上盖白麻纸的老太太。我不知道白麻纸下是一张什么样的面容，皱皱起伏，还是神态平静？却知道她与我血脉相连。见我在老太太身前停顿，马上有人向我介绍，老太太寿衣是什么时候做的，花了多少钱。接着要掀开那张白麻纸，让我看老太太的遗容，我不想打扰老人家的平静，向老人家默鞠三躬。那人停下手，拉我走到门外，看油光发亮的棺材，说花了一千多块钱，松木棺板柏木档，问我满不满意。我被说蒙了，不知道这棺材和我有什么关系。看当时的情境，好像我不满意，这丧事就不能办。一时间，我感到自己将要做的事情很神圣，也很高尚。

尽管我从没有见过，也不知道老太太是谁，对这位年近百岁的老人还是充满了敬意，不光因为她长寿，还因为她在遥远的八十多年前与我同属一个家族，是我的长辈。我需要恭恭敬敬代表娘家人为她料理后事，让她入土为安。

傍晚，按规矩要接灵，乐人吹吹打打，孝子悲痛哀号，老太太遗像放在灵桌上，被抬到村头大路旁，等去墓地接灵的人回来。墓地接灵也有讲究，要去三个不同姓氏的人，俗称三姓人，分别为逝者长子和舅家人、姨家人，其中舅家人最重要，等于代表娘家人验收墓穴，看挖的合不合规矩。那天，老太太的娘家人只有我一个，还有更重要的事要做，三姓人由什么人组成，我懒得过问。不一会儿，漆黑的夜幕中，几点灯光闪烁，渐渐走近。我站在灵桌前，听一位老者不厌其烦介绍礼数。不等说完，三位身着白粗布孝袍的汉子走近，为首一位手提马灯，率先跪倒在灵桌前。按照吩咐，我将几张黄表纸在遗像前点燃，青烟缭绕，白花花一大片孝子齐声开哭。接着，旁边的老者递来三炷香,由我点燃,递给其中一位孝子,三揖之后,插在老太太遗像前,再将灵桌上的酒瓶打开,将酒徐徐洒在地上。鼓乐又响起,接灵队伍开始绕着村巷,一路恸哭。巷内不时横出一条长板凳,将接灵队伍拦住,这也是风俗,意思是要乐人拿出技艺,吹打一番,给办事人家增加一份热闹。每当此时,孝子们齐刷刷跪在灵桌后。我虽辈分不知比老太太的儿孙低了多少,却不用跪,因为是娘家人。好容易回到家里,再由我在老太太灵前点了纸,孝子再次恸哭。我作为娘家人才算办完了下葬前一晚该办的事。

　　第二天清晨,我早早来到前胡村,到时,老太太的众多姻亲已坐满院落,仍有较远的亲戚在乐人的唢呐声迎奏声中进门,在老太太灵前祭拜哭号。按照古礼,我属于外姻,陶渊明《自祭文》中有"外姻晨来,良友宵奔"之句,可见至少从东晋起就有这种古风。这一天,我还有更重要的事,为老太太的长子或长孙捉盆主葬。这种仪式我见过许多次。丧葬时辰到时,主事人一声喊,村里帮忙的年轻人抬起棺材,逝去的亲人就要离家,从此阴阳两隔。长子或者长孙是死者最直接的继承人,要头顶一只瓦盆,盆内燃纸,由逝者娘家人将瓦盆高举在长子或长孙头顶,出了大门,重重摔在地上,随着瓦盆破碎,逝者的魂魄飞升上天。至此,我作为娘家人,才算为老太太办完了丧葬中该有的仪式。

　　这件事过去二十多年了,直到现在,我仍没弄清这位老太太是谁,和我家到底是什么关系。她的几个年长的儿子也不清楚我叫什么,只知道我是他妈的娘家人。

　　曾向父亲问过那位老太太,父亲竟也一脸茫然。找到将报丧人引到我家的老者问后才知道,原来,老太太比我父亲还高三辈,清光绪年间出嫁,娘家早就绝户,按族谱算起来,和我家关系最近。我这个晚辈,就这样懵懵懂懂当了老太太的娘家人。

后来查阅资料才明白，我那天做的事对一个嫁出去的女人有多重要。按照礼数，这是婆家人向娘家人的最后交代，意思是在丧葬大事上并没有亏待你家老姑娘。有的地方把我这样的角色叫主家，若对丧事不满意，甚至可以掀翻桌子骂人。对于娘家人来说，这是送自家姑娘最后一程。葬礼结束，葬入地下的女人，再不需要娘家人，但娘家人的责任远没有结束，以后，女人的儿子、女儿，还用血缘维系着割舍不断的亲情，有什么事，仍需要母亲的娘家人出面，直到死时，还要找个母亲的娘家人为丧事做主。

想起鲁迅先生《孤独者》中的故事，上过洋学堂的魏连殳为祖母办丧事，给祖母穿寿衣时，一群人围在跟前看，"那穿衣也穿得真好，井井有条，仿佛是一个大殓的专家，使旁观者不觉叹服。寒石山老例，当这些时候，无论如何，母家的亲丁是总要挑剔的；他却只是默默的，遇见怎么挑剔怎么改，神色也不动。"鲁迅先生说的母家亲丁就是娘家人，原来，娘家人挑剔的丧葬风俗不光我们这里有，连鲁迅先生家乡也不例外。

这件事让我明白，天生女人，永远有两个家，一个是婆家，一个是娘家，婆家也许会改换，娘家永远只有一个，不管婚姻幸与不幸，都是终生的依靠，这也许是娘家在女人心目中地位重要的原因。

赏析

女人永远有两个家，一个是婆家，一个是娘家。作者通过亲身经历，讲述了四个女人和娘家人的故事。文中的"姑姑"已八十多岁，因嫁在本村，仍不时要到空无一人、大门紧锁、已成为荒院子的娘家老宅前坐一坐，因为那里承载着她的童年和少女记忆，是她深入骨髓的心理依赖。娘家侄子在"母亲"心目中的分量竟然比儿子还要重。

照顾兄弟和侄儿、侄女,成为"妻子"义不容辞的责任,为了侄女的事,妻子给作者下了死命令,而遇到同样的事,对自己的女儿却不闻不问。一个素不相识,从没听人说过的老太太故去后,低了多少辈分,只是因为八十多年前同属一个家族的作者被作为娘家人奉为上宾,为丧事做主,去送"老姑娘"最后一程。这些故事虽各有侧重,却"形散神不散",很好地阐释了娘家是女人一生的依托,娘家人在女人心目中地位至高无上的中心思想。

除了举例说明,作者还旁征博引,引用陶渊明《自祭文》的句子和鲁迅《孤独者》中的故事,来说明娘家人主持葬礼由来已久,且在葬礼上挑剔的风俗地域甚广。

文章语言优美,活泼灵动。把娘家比喻成温暖的怀抱和专门存放感情的保险箱,来说明女人对娘家心理上的依赖;把娘家比喻成港湾和大树,来说明娘家是女人的依靠,都十分形象贴切。

(朱海红)

小媳妇

旧时,一个乡下姑娘经人提亲、定亲、迎亲、拜堂,洞房花烛,合卺礼毕,就成小媳妇了。

"三日入厨下,洗手作羹汤。未谙姑食性,先遣小姑尝。"唐人王建的诗句,道尽了小媳妇的心理。从一个家来到另一个家,由父母百般呵护到公婆百般挑剔,小媳妇胆怯,拘谨,羞涩,需要慢慢适应新环境,其间所受的委屈,会用眼泪悄悄流露出来,然后,回到娘家再向父母诉说。这个过程时间不长,等有了孩子,成为家族繁衍链条时就结束了。以后,家庭地位逐渐提高,直到多年媳妇熬成婆,再去面对与自己当年一样的小媳妇。

我母亲是个到底没能熬成婆的小媳妇。

母亲嫁给父亲时,还是个懵懂的小姑娘,才十五岁。二十一岁生下大哥,一年多后生下二哥,家庭地位却始终没有改变。她不幸遇上了个年轻而又厉害的婆婆。奶奶是爷爷的第三任夫人,只比我母亲大七岁,儿媳过门时,她二十二岁,嫁过来还不到六年,没有生育过。按说也是个小媳妇,却好像天生当婆婆的。母亲婚后,父亲去西安学做生意,祖父在外教书,家里实际是小婆婆带个小媳妇。一个将婆婆当得威严,一个把媳妇当得称职,一个严厉精干,事事做主,一个懦弱温柔,百依百顺。有这样的婆婆在,母亲命中注定要长期当小媳妇。

母亲生了六个儿子,却没能提高家庭地位,原因很简单,一到祖母面前，她就诚惶诚恐，战战兢兢。祖母去世时，母亲四十二岁，没两年，祖父也去世了，父亲在两千里之外工作，每年只有放探亲假在家住十多天。没有了公婆，即使按照自然轮回，母亲也该熬成婆了。况且她已经有了两个儿媳妇，名义上确实是个婆婆，但是，她还是那个小媳妇，只是由十五岁的小媳妇，变成四十多岁的小媳妇，由真正的小媳妇，变成顶着婆婆名分的小媳妇。不管到哪个儿媳妇面前，还是那么谦卑地笑。当小媳妇二十多年，她和公婆共同为自己修筑了一道篱笆，把自己死死圈在里面，即使篱笆拆了，仍将信将疑，不习惯走出来。

正当母亲无所适从时，我从七年制学校（相当于初中）毕业了，那年我也十五岁。祖父去世后，母亲带几个孩子艰难度日，凡事没人做主，都要靠她自己想办法，母亲极不适应这个角色，她羸弱的肩膀挑不起家庭重担。恰好我回到村里，家里大小事便一股脑推给儿子，她再度变成个只管做饭、缝补、洗衣的小媳妇。但她顶着家长的名，村里有什么事，总要找她，每当此时，母亲会瞪着一双迷惘的大眼，惶恐地向我讨主意，说："小三儿，你看怎么办？"那几年，我一个十几岁的孩子，俨然成了家里的顶梁柱，大小事全都要做主。

在村待了八年后，高考恢复，我和四弟同一年考上大学，不知道让多少人羡慕。母亲并没有为之高兴，她舍不得我离开，因为我和四弟走后，她又要带两个年幼的弟弟独自面对生活。通知书下来那天，母亲唉声叹气，对我说："你怎么会考上呢，我心说，小四儿考上就行了，谁知道你也能考上。"

我明白母亲的心事，但上大学的兴奋已遮掩了一切，并没有将母亲的担忧放在心上。好在仅过了一年多，上面落实政策，母亲和两个弟弟户口全都转到父亲工作的城市。这等于救了母亲，她又可以名正言顺当小媳妇了，尽管那年她已经五十四岁。

老两口分居二十多年，终于团聚了。对母亲来说，有父亲在身边，她总算真正做了几年小媳妇。那些日子，父亲除了丈夫这个角色外，还是父亲、兄长，所做事、所说话没一样是错的，母亲从来都百依百顺。母亲老了，看起来是个福态的老太太，内心里仍然是个小媳妇。

我相信，母亲若能健康地活到去世那年，心理上一辈子都是个小媳妇。七十岁那年，母亲突然中风失语，从此性情大变，语言表达上的障碍让她焦躁不安，动不动就朝父亲发脾气。在父亲面前，她总算不再是小媳妇，虽然话说不清，却自由自在。母亲病了八年，是她最本真的八年，可以大声怒斥，可以摔东西，还可会心一笑，总算将积累了几十年的脾气都发出来。只是看见我们兄弟，还谦卑地笑，外人看见，感叹："多么慈祥的老太太。"我知道，母亲这是又变回小媳妇了。

如今母亲去世已十多年，每当想起她谦卑的笑，我会想，她老人家到底还是当了一辈子小媳妇。这样简单的人生，不知是幸福，还是悲哀？

赏析

多年的媳妇熬成婆，旧时婆婆在家里有无上权威，可以颐指气使，独断专行，媳妇在婆婆面前只能忍气吞声、委曲求全。这也使得当婆婆成了小媳妇一生渴盼的目标和向往。"我母亲是个到底没能熬成婆的小媳妇"，这句话统揽全篇，既是对文章整体内容的概括，也设下悬疑，勾起读者的好奇心。文中的"母亲"穷其一生为何没能熬成婆呢？她四十多岁时婆婆去世，自己也有了儿媳妇，事实上已成为不折不扣的婆婆。但由于二十多年的小媳妇经历已禁锢了她的头脑，形成了思维定式，她无法走出来了。走不出来的"母亲"心甘情愿继续当小媳妇，当家做主的角色推给了儿子或者丈夫。"母亲"隐忍的一生是传统家庭的牺牲品，是由不平等的家庭地位造成的。一辈子做小媳妇，虽然不用自己思考和独立担当，活得简单轻松，貌似也很幸福，但没有主见，没有思想，任人摆布，终究很悲哀。

那么"母亲"会不会是生性懦弱，从来没有自己的个性呢？在文章的最后作者描述了生病后的母亲，"可以大声怒斥，可以摔东西，还可会心一笑，总算将积累了几十年的脾气都发出来"。这里可以看出不再压抑自己的"母亲"活得率性自然，显然她也有自己的个性和脾气，只是被长期的"小媳妇"角色磨蚀掉了棱角，失去了思考能力。文章发人深思，要成为一个能思考，有主见的人，必须要有良好的成长空间。

（朱海红）

全乎人

许多地方把公婆父母健在，夫妻恩爱，儿女双全的女人叫全乎人。

平常，全乎人和一般的女人没什么两样，过着平常的生活。遇到谁家男婚女嫁的大事，立刻表现出优越感，那时候，天空还是那么澄澈，巷里的鸡鸣犬吠声还像以前一样响亮，却隐隐带着几分神秘，平时一样嘻嘻哈哈的女人，立马有了不同，骤然分出了等级，一些人兴奋，一些人伤感，还有一些人尴尬。

我妈就曾遭遇过这种尴尬和伤感。

妈性格温柔，在我的印象中，从没与人犯过口舌，属于典型贤妻良母型的旧式妇女，一生中，最自豪的是生养了清一色六个男孩，最苦恼的也是这六个秃小子。这种苦恼有一部分来自邻居婶婶。婶婶是个精明女人，比我妈年轻十岁，喜欢与人攀比，争强好胜。我们是本家，她叫我妈嫂子。叔叔在本县教书，我爸在外地工作，两家的日子差不多，婶子却最喜欢与我家比，比吃穿，比家里添了什么大件，连她家猪长得快，母鸡下蛋勤，也会自豪地炫耀一番。比的结果，谁家也好不了多少，日子都过得紧巴巴。只有一样，我妈永远自愧不如，婶婶父母公婆健在、儿女双全，是个全乎人。

比归比，两家关系仍很和睦，谁家做了好饭，会送过去一碗，谁家有事，会相互帮忙。

婶婶嘴巧，妯娌俩一说话，占上风的往往是婶婶。我妈手巧，尤擅剪纸。村里谁家男婚女嫁，会送来几张红纸，请妈剪窗花。妈极乐意做这种事，剪好却不自己送去，小心包好了，差我去送。我很喜欢帮妈给人送窗花，因为每次送去，都有人急不可待地展开看，接着一片赞叹声。妈剪窗花时，我们兄弟都围着看。只见妈将红纸折叠好，拿起平时做针线活儿的剪刀，不描样，不画线，随着剪刀嚓嚓响，纸屑飘落，一会儿，展开看，红纸就变成了图案精美的剪纸画。双喜字、鸳鸯戏水、龙凤呈祥，都神乎其技。

妈最拿手的是剪窗络子。所谓窗络子，实际是一种糊在新婚洞房窗户上的大幅剪纸，占据窗户上半部。上面有各种喜庆图案，下面有流苏状纸条。我们这里风俗，新郎新娘入洞房，要抢先入，谁先进去，谁以后能当家做主。为此，入洞房那会儿，一对新人往往又挤又抢，进入洞房后，跳上炕，将糊在窗上的红纸撕破，外面看热闹的就知道是新娘先进去的，还是新郎先进去的，一阵哄笑之后，入洞房仪式才算结束。撕破红纸的往往是新娘，撕破了，露出一张嫩脸，带着羞涩的笑。只是有些新娘撕得匆忙，连我妈剪的窗络子也一并撕去，当此时，窗外看热闹的往往一阵叹息，说："人家小三妈剪那么好的窗络子，还没看够呢，就撕了，可惜，这媳妇肯定心粗。"撕不撕我妈剪的窗络子，成了以后我们村评价新人的一个标准。心细爱美的新娘，会将妈剪的窗络子保留很长时间。那确实是一种很美的景致，大红窗络子挂在黑色的旧式窗户上半部分，上面有拙朴生动的各种图案寓意吉祥，夜晚，月色皎洁，能将上面的图案映进房内，晚风吹来，哗哗响，喜庆浪漫的气息会延续很久。有时候我到新婚人家玩，能看到妈剪的窗络子，已经微微发白了，新婚夫妇仍舍不得去掉。

妈从没有出现在撕窗户这样的喜庆场合。每次都是我送去，我去看，再将村里人的夸赞说给妈。听到这样的话，妈只是笑，并不说什么。

直到堂妹绒绒嫁人，我才弄清妈为什么不去这种场合。绒绒是婶婶的大女儿，只比我小几个月，婚姻并不顺，十八九岁时，和同村我的一个伙伴恋爱，眼看就要谈婚论嫁，对方外出参加工作，她被抛弃了。这回嫁的是一位镇干部的儿子，临出嫁前一个月，开始做嫁妆，按我们这里风俗，女儿出嫁，娘家至少要缝八床被子做嫁妆。缝被褥那天，婶子叫了不少女人帮忙，女人们叽叽喳喳的笑闹声，在我们家就能听见。妈一脸失落坐在院里，若有所思。我感到奇怪，平时，有什么事两家都相互帮忙，婶子嫁女儿是大事，妈竟不过去？问妈为什么？妈说："你不懂，给出嫁女儿纳被子，叫的都是全乎人，你妈不是。"妈说得很伤感，好像在说人生一件憾事。

我顿时明白了。依全乎人的标准，妈确实不够格。我的祖父母，也就是妈的公婆，"文革"时死得都很悲惨。她的父亲，即我的外公，二十多年前死于浮肿病。还有，她虽然生过六个孩子，却没有女儿，并不儿女双全。全乎人共四条标准，妈有三条达不到。

后来知道，妈也曾亲自将剪好的窗络子给办喜事人家送去过，为把窗络子贴好，还想动手帮忙。不料刚把窗络子展开，准备抹糨糊，就被主家挡住。说："小三妈，窗络子剪得好看，这粗活儿就不麻烦你，让年轻人干。"话说得含蓄，妈还是明白是怎么回事。

从此，妈知道自己不是全乎人，碰到这种事尽量不去，避免了尴尬。也有不懂这种规矩的女人，好心帮忙，结果弄个大红脸。那种心理上的打击，一辈子都缓不过来。妈的不全乎，其实无伤大雅。这种场合，最忌讳寡妇。那天，后巷的一位女人路过婶子门前，去凑热闹，刚拿起针线想帮忙缝几下，婶子大惊失色，仿佛灾祸降临，喊："快放下！"女人骇得手足无措，反应过来后，立刻泪流满面。原来，女人不久前刚死了丈夫。按照村里人的说法，这叫晦气。女人捂脸走了。旁边有帮忙的全乎人说："也不看看自个儿是什么人。"那边，婶子念念有词，点燃了一张黄表纸，随着一阵青烟飘散，才算将晦气驱走。

不光纳被子，女儿出嫁那天，出现在闺房的，也要是全乎人。新郎迎亲前，新娘要净面，仰起脸，一个女人用五色线绳一下一下绞，直到将新娘脸上的茸毛全部绞净，露出一张粉嫩的脸。给新娘绞茸毛的，也必须是全乎人。往往不等绞完，门前鼓乐声、鞭炮声大作，迎亲队伍进门了。这时候，新娘家看似乱哄哄，其实一切都有讲究。女人们最重要的一件事，是为新郎、新娘下馄饨，这叫迎新饭，必须讲究。馄饨早在前一天晚上就准备好，几十个指甲盖大的馄饨往往要由好几个女人捏，但捏馄饨、下馄饨的女人都必须是全乎人。若有哪个寡居女人出现在闺房，主人会大惊失色，好像从此埋下了祸根，女儿的婚姻会因此而不如意。

在村民看来，全不全乎，能看出一个女人的生活是不是幸福。一个全乎女人，背后一定有个幸福家庭。相反，若不全乎，多少都有辛酸故事。苏东坡说："人有悲欢离合，月有阴晴圆缺，此事古难全。"在生老病死的自然规律面前，谁也不可能一辈子全乎，必定有不全乎的那一天。村里的全乎女人，年龄多在二十到四十岁之间，再大，公婆、父母说不定会有哪位亡故。老天爷很苛薄，不会让人生活美满很久。全乎人实际上是建立在人类自然属性基础上的，用性、生殖力和血缘维系的虚荣，很难持久。但在乡村女人看来，一辈子只要当过全乎人，哪怕一天，也很难得。

如今，没有了战乱灾祸，人的寿命增加，却因生育数量减少，女人们很难儿女双全，全乎人反而比过去更少，好在现在乡村并不像过去那么讲究，只要生活快乐幸福，全不全乎，好像不再重要。

赏析

  民俗禁忌属于中华民族传统文化的一部分。本文讲述的"全乎人"便是一种民俗禁忌。在村民眼里,"全乎人"代表着幸福美满,让"全乎人"帮忙婚嫁事务,图个吉利,也能沾点福气。

  文章采用了对比的手法,将"母亲"和邻居婶婶在一起相比,因为不是"全乎人","母亲"只能甘拜下风。尽管"母亲"手巧,新婚洞房窗户上的窗络子剪得拿手,却因为不是"全乎人",不能去别人家里亲手去糊,甚至婶婶家女儿出嫁,做嫁妆缝被褥的资格也没有。文章列举了"母亲"准备帮人贴窗络子和一个寡妇要帮人缝被子被拒绝的事例,说明过去在农村这种禁忌根深蒂固。

  "全乎人"之所以有优越感,在于"全乎人"十分难得,而且一个"全乎人"也很难持久。随着社会发展进步,包括"全乎人"在内的许多禁忌讲究都不再重要,不是"全乎人"也能活得快乐幸福,而且把自己的幸福寄托在别人身上也是毫无科学道理可言的。

  文章对晋南的婚嫁风俗中剪窗花贴窗络子、新娘净面、新人抢入洞房撕窗花、下馄饨迎新饭等场景描写细致入微,通过这些古朴庄重、喜庆热闹的场景,再现了当地源远流长、特色鲜明的传统婚俗文化。

(朱海红)

苹果与女人

第四辑

女性烦恼

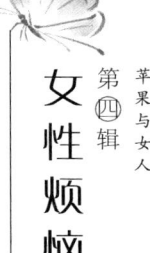

女人年龄大了
会被人称为大妈
如同男人老了被称为大爷
很亲切
也很无奈
从姑娘
到媳妇
再到为人母
当上婆婆、抱上孙子
生活、社会给了她们太多磨难
女人的光华已被岁月销蚀殆尽
留给她们的只有所谓人生经验

女人天胆

　　上帝可能信奉男权主义，从一开始就不喜欢女人，造人时从亚当身上取下一根肋骨，给了女人一个柔弱的身体。从此，女人面对世界时就多了几分怯懦，胆小好像天经地义，黑暗降临，天空打雷，甚至倏忽而过的老鼠，蠕动爬行的虫子，都能吓破女人胆，尖叫着，惊惶失措，跌入男人怀抱。遇到不能对付的事，女人也提心吊胆，忧心忡忡，梨花带雨，以泪洗面，让男人不能不怜香惜玉，所谓绅士风度可能就是这样产生的。因为胆小，女人的神经好像格外脆弱，莎士比亚说："脆弱呀！你的名字叫作女人。"

　　这都是些由女性的外在特质所决定的。其实，女性有时候比男性更胆大。

　　中国至今仍是个乡村社会，除了有或贫瘠或肥沃的土壤外，还积淀着深厚的传统。千百年来，这些传统织成一张落满尘埃的网，平静而又牢靠，千年不破，维系着乡村的秩序。女性用柔弱的身体壮起胆量，发出尖利的嘶喊时，这张网可能会抖动，落下一些尘土，很快又被新的尘埃补上。

　　被伦理纲常束缚的女性是个无奈的赌徒，一入赌局，便会一掷千金，义无反顾。在一位乡村老太太家里，我见到一块绣着龙凤鸳鸯的红色锦缎。老太太说，那就是中国人最喜欢的盖头。这种象征喜庆的东西，如同赌场的骰子盒，上下挥舞，哗哗作响。洞房花烛之夜，男人们用如意挑起盖头之际，其实也是女人撞大运之时，从此就投身到一个陌生的环境，把自己的一生交给一个素不相识的人，无论输赢，都已经把自己的全部押上。

　　曾经见识过一次凄凉而又固执的豪赌。几位才不过十七八岁的女孩，结伴从四川逃荒来到山西。渡过黄河，来到我们那片土地上后，又饥又累，再也走不动，一个个蓬头垢面，衣衫褴褛，一身疲惫坐在表舅村前的沟口，打算把自己交给未知的命运。在随后的一两天中，她们被一个个陌生人领回了家。我的表舅是位年近三十的光棍汉，领回的是个一脸雀斑脸色黝黑的小姑娘。进了表舅家的老式四合院，小姑娘怯怯的，低头望着地面。她知道押上了一切，目光迟滞，疲惫无力，一副听天由命的样子。几个月后，她做了我的表妗子，另外几位伙伴与她的命运基本相同，都以这种方式做了别人的媳妇。如今，这位当年为追求幸福人生而逃离家园的女孩，已经是个满头花发的老太太，儿孙成群，却再也没回过家乡。曾听她说，当年远远望见那个炊烟缭绕的小村时，几个姑娘用自己的命运赌了一次，把一块瓦片高高抛向空中，若凹槽向上，就不走了，留在这个小村里。最后，瓦片决定了她们的命运。当瓦片高高抛向空中时，几个姑娘怔怔的，脑里一片空白，没有人想过爱情，也没有人想山盟海誓，只有在阳光下闪烁翻转的瓦片。我感叹："几个小姑娘哪来这么大的胆量！"表妗子说："饿得没办法，只能赌，这就是命。"

　　即使没有饥饿胁迫，处在幸福眩晕状态中的现代女性也是不折不扣的赌徒。热恋中，她们比男性更投入，更容易亮出全部底牌，也更容易受到伤害。曾经见过许多女人，一旦爱上一个人，便不顾一切，死去活来，穷其一生，不计后果，来换取朦胧缥缈的爱。

　　若是被人横刀夺爱，肢解家庭，女人简直就是勇士。寻死觅活自不必说，叫骂撕扯亦属常态。想起了唐朝的那位夫人，她是著名的宰相大人梁国公房玄龄的正房。古籍中记载："梁公夫人至妒，太宗将赐公美人，屡辞不受。帝乃令皇后召夫人，语以媵妾之流，今有常制，且司空（指房玄龄）年近迟暮，帝欲有优崇之意。夫人执心不回。帝乃令谓之曰：'宁不妒而生，宁妒而死。'曰：'妾宁妒而死。'乃遣酌一卮酒与之，曰：'若然，可饮此一鸩。'一举便尽，无所留难。帝曰：'我尚畏见，何况于玄龄乎？'"夫君受皇帝优崇被赐以美人，等于来了二奶三奶，这位夫人执意不肯接受，皇后劝不进去，连皇帝赐的毒酒也一饮而尽。文中虽写妇人之妒，却将这位夫人表现得大义凛然，赐毒酒的英主明君唐太宗分明是个小丑。

最让男人无地自容的是女人的生育。生育是上苍赋予女人的天职、女人的生命之真，也是女人逃不脱的灾难。上帝创世纪时，因为亚当、夏娃偷食禁果，罚亚当终生必受劳作之苦，夏娃必受分娩痛楚。上帝的这一手果然阴毒，当女人十月怀胎，憧憬着做母亲的幸福时，灾难随之到来。撕心裂肺的疼痛中，女人把自己缩成一只哭天抢地的子宫，用尽毕生力气。这是女人的宿命，每个想做母亲的女人都必须以娇弱之躯在血与火中尝试生命的涅槃。舞蹈家伊莎多拉·邓肯——舞台上精灵一样的女人，也曾体验过这种磨难，分娩后很长时间，仍不能忘记那一瞬间的苦难。她说："这个可怕的无形的妖魔，毫无怜悯地、残暴地将我抓进他的魔爪之中，不断地折磨，那一阵阵的绞痛几乎要撕裂我的筋骨和皮肉。有人说这种痛苦不久就会忘记的，但我对此的回答则是，我只要一闭上眼就会听见我当时痛苦的呻吟和尖叫，就好像我自己已不是自己，而是与我的身体无关的东西围着我旋转。我想，也许除了被火车轧以外，恐怕没有什么能与我受的罪相比较了。"

在生命的引诱中，不论贵妇村妇，健壮还是娇弱，所有的女人都跨越了自我，无所畏惧。当婴儿从生命之门喷薄而出呱呱坠地那一刻，女人完成了自我救赎，一个生命降落，另一个生命得到升华，孕育十月的母性从此绽出光彩,一个完完整整的女人从此诞生。

女人生育,实际是一次撕裂自己的过程,所谓:人生人,最怕人。按照医学规律,每个女人分娩时都没有百分之百生还的几率,科学不发达的年代更是如此,"儿奔生,母奔死,只隔阎王一张纸",但所有母亲都无所畏惧地承担了上帝给予的惩罚。有人把女人分娩时的勇气叫"天胆"。有谚云:女人天胆,过后还敢。是说女人虽然经历过分娩时的生死存亡,却还是一个接一个地生育。

我的小表妹是个娇小玲珑的女子,死时还不到三十岁。表妹的胆量实在太大了,她太想做个母亲,硬是拿自己的生命赌了一把,结果把自己搭进去。她自己就是个医生,明知道自己妊娠高血压,不能生育,也知道分娩生育的后果,还是心怀侥幸,想生个孩子。为此,她做好了一切准备。果然如她所愿,生了个儿子。分娩还不到十天,她为自己的"天胆"付出了生命。

结出生命之果的女人胆子更大,已不是天胆所能形容。孩子有难,再危险女人也会奋不顾身。曾经在媒体报道中看到过不止一位母亲,冲进火海,跳进激流,返回即将坍塌的房屋,把孩子紧紧抱在怀里。女人一旦被母性与爱蛊惑,会毅然决然,将生死置之度外。若以胆量论,此刻的女人岂是天胆所能形容。

媒体的报道毕竟不是亲见,等到妻子做出那次骇人举动时,我真正明白什么是女人的胆量。

妻子没什么文化,身材瘦小,性格懦弱。女儿三岁时,妻子带她去大街,孩子蹦蹦跳跳在前面走,妻子脸上洋溢着作为母亲的幸福。一个五大三粗的醉汉嘴喷酒气摇摇晃晃走过来,撞倒了女儿。那是我们那地方一个有名的痞子,恶行人尽皆知,属于人见人怕的主儿。他没想到,一个瘦小的女人突然冲到面前,抡圆了胳膊,他当众挨了一记响亮的耳光。正想发作,只见眼前的女人面部扭曲,眼露怒火,分

明就是一只扑上来的母狼,咆哮:为什么撞倒我娃?他胆怯了,悻悻离去。过后我问:"如果那家伙还手怎么办?"妻子说:"我没想那么多,只想不能让他欺侮孩子,如果他真要还手,那就和他拼命。"那一刻妻子的神情连我也感到害怕,别说负疚的痞子。又想,若换了我会怎么样,答案是带孩子迅速躲开。

所有的女性都是感性动物,说女性伟大,不如说母亲伟大,被母爱激励出的能量让她们有着无与伦比的胆量,有了这种胆量,无论出现任何情况她们都无所畏惧。

文章开篇欲扬先抑,先写女性身体柔弱、生性怯懦、精神脆弱,胆小好像天经地义,然后笔锋一转从不同方面写出了女人天胆的一面,让人有耳目一新之感。

女人天胆,豪赌婚姻。被伦理纲常束缚的女性是个无奈的赌徒。一块红盖头象征着女人将命运托付于天而不胆怯,她们押上了自己的一生。在人生没有选择时,数名女孩用一块瓦片去赌她们后半生的命运。传统女性如此,现代女性也是如此。

宁妒而死,执心不回。许多女人一旦爱上一个人,就会不顾一切。房玄龄夫人无疑是一个典型。一句"妾宁妒而死",展现出一位不愿被人横刀夺爱,在皇上面前也不低头宁死不屈的女性形象。真是天胆!

女人天胆,过后还敢。所有女人都无所畏惧地承担了上帝的惩罚,这是母爱使然。生孩子才是女人最大胆子的时候,这便是女人天胆的来由。体验过分娩磨难的伊莎多拉·邓肯始终不能忘记那种苦难。

女本柔弱，为母则刚。恶名昭著的痞子和娇小柔弱的妻子分明就是两个极端，但是在面对自己的孩子被欺负时，妻子就像母狼一般护住自己的孩子，这个比喻生动形象地表现了妻子的天胆。

层层推进，升华主题。与其说女性伟大，不如说母爱伟大。被母爱激励出的能量让女人拥有了无与伦比的胆量，让她们在任何情况下都无所畏惧！女人天胆，不让须眉！

（史晓明）

史晓明，山西省语文金钥匙奖得主，山西省高考优秀评卷教师，山西省模范教师，山西省教学能手，山西省语文学科带头人，运城名师。

大 妈

女人年龄大了，会被人称为大妈，如同男人老了被称为大爷，很亲切，也很无奈。

做了大妈的女人，脸上爬满细密皱纹，头发间有白发，刚开始，还涂抹护肤品、染发，涂着染着，皱纹越来越多，越来越深，头发越来越白，越来越稀，眼看沟壑纵横，白发苍然，索性由它去。穿衣也不讲究，一件衣服往往穿几年。自己很少买，偶尔穿件新衣便夸耀，这件是儿媳买的，那件是女儿买的。时常腰酸腿痛，听说有什么好药，若抓住救命稻草，平时吝啬得连双袜子也舍不得买，此时却不惜血本，一掷千金。

岁月在她们脸上、身上都留下了痕迹。还有女人表征，基本已成中性。没有了女人的矜持与娇羞，可以粗声大气，可以浪声大笑，可以跳脚骂街。从姑娘，到媳妇，再到为人母，当上婆婆、抱上孙子，生活、社会给了她们太多磨难。女人的光华已被岁月销蚀殆尽，留给她们的只有所谓人生经验。不过，她们看似精明，却最容易受到诱惑，轻易上当受骗。我家对门的大妈是位退休干部，年轻时也算精明干练，颇有风姿。不久前，迷上养生，天天去一个神秘地方听课，领纪念品，有时是几颗鸡蛋，有时是一个塑料盆，回来后喜形于色，大谈养生之道，仿佛发现了长生不老仙丹。我问她，有没有买过产品，回答说："买了。"问花了多少钱，回答说："好几千。"又说不贵不贵，值。听她的口气，仿佛沾了绝大便宜。

大妈是一个群体，身上沾满柴米油盐气，什么东西涨价，什么东西降价，她们最清楚。最常去的地方是菜市场，与小贩斗嘴砍价，无一不是行家里手，常为砍下一两毛钱沾沾自喜。经常货比三家，我妻子就是这样。岳母有慢性病，让妻子代为买药，这等于给了她一个发挥特长的机会。为此，她将我们这个小城内大大小小十几家药店尽数走完，若便宜哪怕一两毛钱，也不惜步行三五里去买。买回来后，好不得意。然后推而广之，让周围所有的大妈都知道。

　　大妈最怕寂寞，爱扎堆儿，喜欢凑热闹。前些天，我在门前修泊车位，没等工人来，大妈们先来了，不厌其烦，出谋划策，仿佛人人都是建筑大师。以后，每天阳光明媚之时，大妈们会接踵而至，比工人还准时，带着小孙子，拿着蔬菜篮，嘻嘻哈哈，家长里短。看似很清闲，好像又很忙，刚说一会儿话，突然一惊一乍，家里灶上还炖着肉，小孙子快放学了，儿媳妇交代的什么事还没办，接着会匆匆离去。下午，大妈们都不见了，我想可能回去做饭了。妻子说："都去跳舞了。"我家不远处有个小超市，门前经常坐着几个大妈，很少买东西，就图热闹。黄昏时分，小超市门前就是舞场，不过没跳几天就泄了气，因为人少。最后，干脆跑几里路，去了中心广场，就图那里有大屏幕，人多，热闹。

　　大妈们知道生活艰难，懂得人生不易，将老之际，她们成了晚辈生活的港湾、庇荫的大树，最不济，也是个展开翅翼护着儿女、咯咯叫的老母鸡。因而，根本不在乎别人怎么看，到了该当大妈时，心里没什么坎，自然进入角色，将大妈做得有滋有味。

　　女人什么时候变成大妈，与年龄无关，也与生理无关，她们自己不知道，男人却看得清楚。简单说，她们不再属于自己，不再刻意收拾打扮，不再为年轻时的理想信念奋斗，不再为自己的小家奔忙，不再将年轻时恩恩爱爱的丈夫放在心上，一味为儿孙忙碌时，就是大妈了。当了大妈的女人，人生旅途即将走完，却还没有到颐养天年的时候，剩下的时间，要去尽义务，为父母，为子女，唯独忽略了自己，连去跳广场舞，听养生知识，也不是为自己。常听一些大妈讲，现在上有老，下有小，孙子要带，父母要伺候，身体可不敢垮了。这可能也是每个女人人生的一部分。

  我的妻子是突然成大妈的。一年前，女儿生了孩子，从此，远赴北京照料外孙成为她最有成就感的事。一年有半年待在北京，又放心不下村里的老人。我的岳父母都是八十多岁的老人，年迈体弱，离不开人照顾。从北京回来，又有一多半时间回乡下照顾父母。至于我这个丈夫，由他去吧。这一年多，她不属于自己，也不属于我们这个家。面色日渐憔悴，话语明显增多，絮絮叨叨，喋喋不休，所谈之事却与自己无关。张嘴便是父母、女儿、外孙如何。

  有些女人到老也变不成大妈，如古代才女鱼玄机、李清照、朱淑贞，现代才女林徽因、张爱玲。我认识一位女作家，一辈子结过几次婚，至今却是独身。年轻时要强好胜，成就斐然，如今已是年过六十的人，依然性情不变，专事写作，理性知性俱全，有时候，却单纯得像个少女。和妻子谈及此人，没想到，妻子大不以为然，说："人活成那样，还有什么味。"看来，大妈有大妈的人生哲学。

赏析

  文章开篇简洁明了。先写女人年龄大了就成了"大妈"，亲切而无奈。从而引出了"大妈"这一形象。

  善用细节勾勒形象。"脸上的皱纹""苍然而稀少的白发""穿了数年的大衣"，简单几笔，便勾勒出"大妈"的外在形象。

  善用对比丰满形象。大妈们先是注意形象，不愿变老；后来岁数变大，就不再注重形象，索性由它。吝啬得舍不得买双袜子，为养生治病买药时却一掷千金。她们有着所谓人生经验，看似精明，却又最容易上当受骗。

　　善抓特点突出形象。作者善于抓住大妈的特点来表现大妈的特殊之处。大妈身上沾满柴米油盐气，对于物品的价格以及砍价得心应手；大妈喜爱扎堆凑热闹，热衷与别的大妈谈论家长里短；大妈懂得生活艰难，随时可以化作避风港为晚辈遮风挡雨。

　　善转笔锋重塑形象。"大妈"形象无关乎年龄和生理，却关乎责任和义务。心中有亲人，唯独忽略了自己。妻子突然成大妈，也正是因为爱与责任。絮絮叨叨，喋喋不休，所谈之事却与自己无关。似让人心烦，却更让人心疼。

　　也有一辈子变不成大妈的女人，像鱼玄机、李清照等等。但妻子说，人活成那样，还有什么味。她们可是响当当的古今才女呀！在大妈看来，没味！鲜明的对比，让我们读出了更多的大妈味！这样的大妈，有无奈，更有亲切，让人心生敬意。

（史晓明）

红盖头

参加某刊笔会,主办方安排参观一家古刺绣陈列馆,其中绣帕、香囊、枕顶无不做工精细,古色古香,加之灯光辅助,将乡土气十足的古刺绣照耀得熠熠生辉,让人好像看到一位文静娴雅的绣女站在面前,顾盼生辉,千针万线,刺出似水柔情。陈列馆正面墙壁上悬挂的是一块若披肩般的红色绸缎,上面有交叉的金黄色边线和色彩艳丽的龙凤呈祥图案。与玻璃柜内的绣品相比,这件绣品制作算不得精细,我却大感兴趣。这是块红盖头,旧时新娘出嫁时披在头上,遮挡娇颜的物件。

我也是第一次真正见到红盖头,尽管以前在影视作品中多次看到过,还是被深深吸引。挂在墙上的红盖头,虽然没披在新娘头顶,缺少了喜庆气氛陪衬,显得落寞寂寥,带着岁月的烟尘,我还是感受到了一种渴盼的眼神,好像看到一位光鲜的人儿,披着它,怀揣一颗怦怦跳的心,巧笑倩兮。

红盖头所用绸缎质地细密,当年,披在新娘头上,加上红色嫁衣,外人能见到的,是一个红彤彤的人儿,新娘眼前出现的,是一个红彤彤的喜庆世界。出嫁时无论什么心情,都会被眼前的红色光影消弭,等待她的只有盖头解开的那一刻。

说到底,盖头是旧时女儿家的宿命,是性的隐喻,家族繁衍的象征,像挂在新娘脸上的旗帜,更像一道帷幕,神秘,浪漫,光彩夺目,让人心怀期待,徐徐拉开后,婚姻大戏才算正式开演。定婚过程，迎亲场面，婚礼上的热闹都是大幕开启前的过场。许多人将盖头理解为遮羞辟邪物，照我看来，遮羞辟邪是其次，防止双方反悔才最重要。对于新婚男女来说，婚姻就像一锤子买卖，无论对方怎样，都要到洞房花烛夜，才能揭开谜底。

　　古代男女婚姻唯父母之命，媒妁之言，女子出嫁前可能连新郎长什么样也不知道。十多年前，我曾拜访过一位老太太，问她出嫁前见没见过丈夫，老太太的回答很风趣，说："隔毛褃（口袋）买猫哩，谁知道是白猫黑猫。"按照老太太的说法，红盖头其实是两位新人的共同赌具，都在撞大运，盖头掀开时，就像骰子盒打开，输赢在此一举。等见到对方庐山真面目时，木已成舟，米为熟饭。面前陌生的人儿从此会成为终身伴侣，俊也好，丑也罢，只能无奈接受。洞房花烛，新婚宴尔过后，就是一家人了。

　　与红盖头一起挂在墙壁上的，还有一根黑红色秤杆，据说是掀盖头的道具，取称心如意之义，有钱人家干脆用如意取代。当新郎官拿起秤杆挑开盖头一角，一定激动之余，又心怀忐忑。

　　盖头到底是民间之物，史书中从无记载，谁也说不清源于何时，若哪位帝王大婚之日，皇后、嫔妃使用了红盖头，史志少不了渲染。盖头何时消失？如今年长者可能还有印象。我母亲若在世，已九十多岁。听她老人家讲，当年成亲时，戴凤冠披霞帔，着大红盖头，场面甚是热闹，她坐在洞房里，足足等了三个时辰，父亲才揭了盖头。姑姑小母亲十多岁，成亲已在20世纪50年代初，别说凤冠霞帔和红盖头，连轿子也没有，稍做打扮，即素面朝天被迎至婆家。如此看来，至少在我的家乡，盖头消失在新中国建立后。

　　三年前，我曾陪同两位社会学者全程跟踪记录一位女孩的婚礼。女孩家在黄河岸边的一个小村，那里地方偏僻，民风淳朴，至今仍保留着许多古礼。女孩被迎娶，出了娘家门要燎干草避邪，进婆家门要

跨过火盆，迎娶过程中骑高头大马沿街巷巡游，却不披盖头。中午时分，鞭炮、鼓乐响起，新娘手捧鲜花出了门，临上马之际，回望娘家，泪水涟涟，花容失色，令周围看热闹的女人无不动容。过去，这叫哭嫁。看到这场面，我想，哭嫁时，要有个红盖头挡在脸前就好了。如此，新娘的喜怒哀乐全盖在里面，留给外人的只有喜庆。这恐怕也是盖头的另一种作用吧。

赏析

文章从古刺绣陈列馆写起，以做工精细的香囊、绣帕做陪衬，引出陈列馆中虽不精细却又特殊的物件：红盖头。

设置悬念，引人入胜。红盖头并不精细，为何"我"却大感兴趣？作者设置悬念，引发了读者更大的兴趣。"红盖头"是新娘出嫁时披在头上，遮挡娇颜的物件。"我"也是第一次真正见到。读者和"我"都急切地想要掀起这个"红盖头"。

抽丝剥茧，层层深入。"我"感受到了一种渴盼的眼神。仿佛穿越时空，"我"引领着读者来到婚礼现场。外人看起来红彤彤的人儿光鲜喜庆，真实的心情只有盖头下的新娘自己清楚。是宿命、是隐喻、是象征、是旗帜、是帷幕？是遮羞辟邪，还是防止反悔？谜底揭晓之前，红盖头就是赌具，那就是一次赌博，输赢在此一举。

追古抚今，遮盖悲喜。红盖头的历史无从考究有几分神秘，红盖头的消失无法阻挡又留几分惋惜。时移世易，若红盖头还在，把新娘的喜怒哀乐全盖在里面，只给外人留下喜庆，那该多好！"我"揣测着红盖头另一种作用。

一块悬挂在陈列馆的红盖头，大多数人并不会太过关注，却引起了"我"的极大兴趣。这与"我"不但有一双善于发现美的眼睛，更有一颗善于感受美的心灵密切相关。对传统文化的热爱和对当今时代的敏锐感知，使得作者思绪万千，借助笔端谈古说今，仿佛与读者话家长里短，让人倍感亲切。

（史晓明）

绣　楼

绣楼，一个香艳的名字，旧时大家闺秀的居所，又叫闺房或闺阁。唐朝诗人沈佺期《三歌》中说："璇闺窈窕秋夜长，绣户徘徊明月光"，把绣楼带入了一种凄婉忧伤的境地。庭院深深，月光如水，窗幔拢掩，云鬓半露，"绣阁凤帏深几许，曾听得理丝簧"，伴着叮咚琴韵，楼上丽人清泪两行，黯然神伤之际，心已飞到远处。

《红楼梦》中的稻香村、潇湘馆、蘅芜苑，都是曹雪芹笔下的绣楼，大观园的小姐们曾在这里演绎出一段段动人的故事。金庸武侠小说《连城诀》中，侠客丁典与知府小姐凌霜华，在绣楼上下长相望的情节，不知感动了多少纯情少年。《聊斋志异》《阅微草堂笔记》中，绣楼出现的频率更高，佳人思春，人鬼幽会，离了绣楼，文学的天地中不知会少了多少动人场面。

绣楼太容易给人丰富的想象，也太容易让人情不自禁。佳人居住的地方，至少应该花香馥郁，竹影摇曳，风景优美。《红楼梦》中描写的潇湘馆，粉垣一带，清泉一派，修舍数楹，曲折游廊，翠竹掩映，梨花芭蕉。仙境一般把人带入了一个美景佳人的误区。其实那是贾府给已经当了贵妃的元春看的，林黛玉不过是借住而已。在处处讲究伦理纲常男尊女卑的封建大家庭中，小姐绣楼通常修建的低矮狭窄，是整个宅院中比较差的建筑。

第一次看到绣楼，是在太行山深处，如今被称为"皇城相府"的午亭山村。鳞次栉比的豪宅中，相府小姐的绣楼简陋得让人不能想象。一道过厅，两厢矮屋，走过院子，正房就是绣楼了。没有雕栏玉砌，也没有花草扶疏，更谈不上清泉流水，房顶没有脊饰兽笏，光秃秃的一座四合院，让人实在难以认同这就是相府小姐居住的绣楼。当年，康熙皇帝宠臣，文渊阁大学士陈廷敬的孙女陈静渊曾长期在这里居住。绣楼名叫"悟因楼"，是父亲陈豫朋所题，取"悟却前因，万虑皆消"之意。然而，陈静渊的忧郁岂是一句话能够消得。陈静渊自幼才华横溢，聪慧好学，工诗善书，一生中有多半时间在绣楼中度过。"十三上楼，十四盘头，十五出阁"，嫁人后，命运多舛，年轻寡居，又回到了这凄冷幽闭的地方。入夜，秋叶飘零，月色溶溶，凄风萧萧，秋虫叽叽，幢影魆魆，陈静渊不由悲从中来。

　　空庭寂寂晚风寒，
　　月色溶溶映画栏，
　　无数扶疏花竹影，
　　小窗红烛坐更残。

身处绣楼，孤独寂寞的陈家小姐也许只能这样赋诗抒怀，顾影长叹，最后，无可奈何花落去，终于像红烛一样销蚀了自己。

皇城相府气派豪华，处处表现出当年清廷重臣的威仪。绣楼中的模特造型却大失水准，失调的比例，生硬的线条和粗糙的处理，让人又为当年的佳人多了一份怜惜。

黄河岸边的碛口古镇，明清时期曾经是山西著名商埠，镇内古朴气派的豪宅连片。甲申年初夏，我与几位友人住进了一位名叫马世恩的农民家里。老马四十多岁，经常闪着一双大眼，对客人极热情。我们入住时，中央电视台正在碛口拍摄电视连续剧《民工》，厢房里住着几位叽叽喳喳的女演员，老马夫妻为我们腾出了自己居住的正房。

夜晚，一群人与老马夫妻坐在院子里闲聊。月光残照，清风习习，不远处的黄河涛声轰鸣。对面的房子在地上投下一片阴影，一位女演员问："这座房子原来是做什么用的？"

老马回答："小姐绣楼。"

女演员瞪大眼睛，说："小姐绣楼就是这样呀！"

那是现在院子里唯一不能住人的房子。白天我已仔细看过，房子属砖木结构，三间两层，残破简陋，下面堆放杂物，走上一道狭窄的木楼梯，上层就是当年小姐居住的地方，如今空空荡荡，积尘盈屋。女演员围着绣楼走了一圈子，叹息："小姐怎么会住这种地方。"话音未落，几只蝙蝠飞进去，扑塌塌响，弄出了动静，像有人在上面打斗，接着，又有鸽子咕咕叫，声音怪异凄厉，女演员顿时花容失色，呆在绣楼下半天说不出话来。

距碛口古镇不过二里的西湾村陈家堡，是当年一位陈姓碛口富商内眷居住的地方，堡内高低错落的明清建筑枕山临水，依势而立，尽显古朴之气。在一座逼仄的小院里，我又一次看到了小姐绣楼，还是那么残破凄凉，让人望之而生恓惶之意。紧依楼梯的院墙上开着方不过一尺的小洞，似碉堡上的枪眼。细看，却又显低显小。一位了解内情的朋友说："这是专门为小姐们留的。"爬在洞口往外看就明白了，方形的洞口里别有洞天，外面是一道坡，远处是狭窄的村巷，往来行人尽入眼底，再远就什么也看不到了。朋友说："这洞口，是大门不出，二门不迈的小姐们了解外面世界的唯一途径。"几个人围着洞口看了又看，感叹不已，遥想当年，幽居的年轻女子满怀着渴望，每天不知道要在这洞口前望多少次。

沿着陈家堡石铺的巷道，走到最高处的一座院子。一位年近九十岁的老太太笑呵呵地迎接了我们。老人面容福态，满头银发，小脚细腿，眼不花耳不聋。谈话中我们得知她有九个儿子，二十几个孙子。

问起当年家里的境况，老太太说："老一辈人也是做生意的，在碛口镇有店铺。"再问老人家知不知道生意上的事。老太太呵呵笑："那时候我还做姑娘，大人们从不给女人讲生意上的事，整天待在家里。"听完老太太的话，我想起了绣楼中的小姐，莫非她也在那样的绣楼上住过，在那样的洞口前望过？也许沧桑岁月磨去了老人家的记忆，从老太太开朗的笑声中，已经听不出小姐们的凄然。

那一年，我走过了山西的许多古宅院。丁村明清民居，乔家大院，渠家大院。每一处大宅院里，都藏着不止一座绣楼，每一座绣楼都在诉说着旧时大家小姐们的忧伤，一座座都是那么逼仄，一间间都是那么凄凉，全然不是想象中的环境优雅，花红竹翠，脂香四溢，玲珑别致。灵石王家的一座大院里，主院二楼是小姐绣楼，虽有雕花围栏的檐廊，却只可以通到父母的房间，外人是绝对进不去的。小姐从十二岁上楼到十五岁出阁，别说大门不出二门不迈，连楼也很少下去，每天能做的事就是弹琴赋诗做女红。太谷的曹家大院里，小姐绣楼竟人为地比其他房子缩进去几尺，以遮挡闺中人的视线。民间故事中小姐抛绣球择婿的情景，只是底层百姓的奢求，也是住在绣楼之上的小姐们的无奈，但从小姐绣楼在宅院内迂回幽深的位置看，有一点可以肯定，择婿的绣球不可能从绣楼抛下。

定襄河边村阎锡山故居中，五妹子阎慧卿的绣楼也给我留下了很深的印象。阎慧卿，乳名五鲜，曾服侍过阎锡山的起居，担任过"国大"代表和同志会、妇工会主任等职，太原城破之日自杀。在许多文学作品中，阎慧卿是个参与军政大事，幕后操纵山西政局的铁腕女人，没想到，她的绣楼也与一般小姐绣楼没什么两样，虽说精致小巧，却也同样夹在两旁高大的屋宇中，低了许多。站在绣楼上，根本不可能望见外面的世界。男尊女卑的伦理纲常即使在建筑上也表现得如此突出，曾经风光一时的五妹子到底没能摆脱女性可悲的从属地位。

各个绣楼中的陈设，都是依照文学作品中的描述，再加上想象布置的。一张古筝，两张靠椅，几幅仕女图和数张纸笺，再加上朦胧的帐幔，把绣楼渲染得古色古香，充满了浪漫情调。但人去楼空，空荡荡的绣楼总给人以凄凉萧瑟的感觉，当年独居闺阁的大家小姐们，无外乎在清清冷冷凄凄惨惨戚戚中，如相府小姐陈静渊诗中所写的那样，过一种"尽日掩扉成独坐，一炉香篆一蒲团"的生活。

赏析

开篇欲抑先扬。常人心中的绣楼，可能是一个香艳的地方。作者眼中的绣楼，却显得凄婉忧伤。

作者将名篇佳句，信手拈来。引用唐朝诗人沈佺期诗句"璇闺窈窕秋夜长，绣户徘徊明月光"为全文奠定了哀伤的情感基调。曹雪芹的《红楼梦》、金庸的武侠小说《连城诀》、蒲松龄的《聊斋志异》、纪晓岚的《阅微草堂笔记》等文学作品中频频出现的绣楼，演绎了多少感人的故事，呈现出多少动人的场面。

文章多用对比，形成反差。绣楼太容易给人丰富的想象，也太容易让人情不自禁。《红楼梦》中的绣楼——潇湘馆虽美，却是给元春看的，黛玉不过是借住。想象中的绣楼风景优美，现实中的绣楼低矮狭窄。皇城相府整体建筑豪华气派，唯独绣楼显得简陋凄冷。碛口古镇曾经商贾云集、豪宅连片，如今只有绣楼残破凄凉，令人心生惜惶。太多的大院藏着绣楼，太多的绣楼无不显得逼仄、凄凉、充满忧伤。就是曾风光一时的铁腕女子阎慧卿住过的绣楼，也与一般小姐绣楼没有什么两样。

文章似写绣楼，实写伦常。旧时女子无才便是德。简陋逼仄的绣楼，小小的窗口看不到大大的世界。几多哀伤，几多感叹。如今人去楼空，而空荡荡的绣楼总给人以凄凉萧瑟的感觉。作者通过写绣楼中的小姐们幽居深闺而待遇低下的悲凉处境，揭示批判了封建社会男尊女卑的伦理纲常。

（史晓明）

刺　绣

参加某刊笔会，走进古绣品陈列馆，第一次看到这么多绣品，有点眼花缭乱，仿佛许多古代美女站在眼前，个个婉约秀丽，清纯可人。这是个民间绣品展览，不，应该是民间绣品的集中炫耀。主人是位老先生，不知用了多少时光，费了多少精力，才将如此多的绣品从民间收集上来，放在这里欣赏之余，又颇有研究，我们这些人是慕名前来饱眼福的。

陈列在玻璃柜里的绣品被现代灯光照耀，映射出迷人的风采，娓娓叙说着古老而浪漫的故事，那荷包、香囊、绣帕、头饰、枕顶、肚兜儿，包括为孩子绣出的围嘴儿、鞋帽背后似乎都站着一位少女、少妇，或含羞颦眉，倦慵娇媚，或凝神屏息，饱含深情，一针一线之间，万般风情俱在其中。

所有女红中，刺绣大概最能表现女性的情愫与个性。旧时，看女性是不是心灵手巧，要看女红，而女红中最为人看重的便是刺绣。王实甫《西厢记》中，红娘夸张生、莺莺说："一个通彻三教九流，一个晓尽描鸾刺绣。"就是将女性的刺绣与男人的文章相提并论。且不说荷包、绣帕之类含情脉脉的绣品，就是衣物、饰品，绣上娇艳的花儿、游动的鱼儿，也会光彩夺目。

以前在乡间生活，最喜欢看少女、少妇们刺绣时的神情。纤巧的手儿，拿着圆圆的绷框，上面紧绷着雪白的绣布，随着针线上下，一瓣花、一片叶就出现在绣布上。那时候，少女、少妇脸上泛起红晕，眼神专注而又迷人，一针一线之间，都可能有个人儿在心头。

绣品往往包含着浪漫暧昧的情怀，是一种暗示，一个隐喻。绣品中的荷包、香囊不单是实用品，往往是情感的表达，民歌《绣荷包》唱出了少女送荷包时的心态："一绣一只船，船上撑着帆，里面的意思，郎呀么你去猜；二绣鸳鸯鸟，栖息在河边，你侬侬我靠靠，永远不分开。"在动作的不断重复和心态的不断变化中，一件绣品刺成了，女儿家心中又多了一份说不清道不明的缠绵。会揣着一颗怦怦跳动的心，带几分娇羞，几分忸怩，几分期待，送给心上的人儿。接到少女精心刺成的荷包，情郎会怦然心动，将爱人的心意永远装在心里。

鸳鸯可能是女儿家刺绣的永恒主题，可以在荷包上绣，也可以在衣物上绣，缠缠绵绵地表达着少女的情怀。20世纪七八十年代以前，北方乡村男女定婚，男方都会要求女孩做一双鞋给男孩，以此来显示女孩的女红，看女孩是不是心灵手巧。为这双鞋，女儿家下足了功夫，使出浑身解数，甚至会在鞋底上绣出图案来表达心意。作家刘庆邦的小说《鞋》里就写过这种风俗，让人叹惋的是，当年的刘庆邦最终辜负了女孩的痴情，将这双鞋又还了回去。

我也曾得到过这样的绣品。20世纪70年代末，高考恢复，我在农村待过七八年后，终于从繁重的体力劳动中解脱出来。上大学以前，未婚妻曾送给我一双鞋垫，接过鞋垫的那一刻，我在一瞬间明白了她的心意。那是一双怎样的鞋垫啊！简直就是艺术品，每个针脚都藏着未婚妻的心思，几个针脚组合成一朵荷花，布满鞋垫前掌与后跟，脚心部分则是一对鸳鸯，整个鞋垫实际是一幅鸳鸯荷花图，太精致了。拿到这双鞋垫后，我从没舍得把它踩在脚下，始终夹在书页里，珍藏在书箱最底层，只有在想念未婚妻时，悄悄拿出来看一眼。直到结婚十多年后，妻子偶然看见，说："你还保留着这东西呀！"神情看似惊讶，内心里却十分平静，反倒没有了当年送我鞋垫时的复杂心境。

一副绣品,可能是有情人永远的记忆,成为生死不渝的信物。十多年前,我曾在苍凉的黄河岸边见到过一幕因绣品而发生的凄婉故事。那是个天高气爽的秋天,数十位女人乘船去河心沙洲上采摘棉花,不幸在汹涌的激流中翻船遇难。事情已经过去一天,失事的女人们早已命丧黄泉。就在当地政府徒劳地救援打捞时,河边高崖之上,苍松般站着一个黝黑的汉子,一天一夜,任凭凄风吹、浪涛涌,始终望着波浪滔天、滚滚远去的河水一动不动,仿佛要为落水的女人们殉情。有人攀上高崖去看,回来说,那汉子手里紧攥一块绣花罗帕,泪流满面、泣不成声。原来,他的爱人也是落水女人中的一个。那块绣花罗帕,是爱人给他的定情物。

刺绣又是乡村女人永远的技艺,即使成为白发苍苍的老太太。也会用这种技艺将爱传递给后人。乡村孩童的披风、围嘴儿、帽子、鞋袜上,随处可以看见绿莹莹的叶儿,红灿灿的花儿,当然,更常见的是老虎鞋、老虎帽,还有憨态可掬的小猪、小羊。望着这些绣品,一位白发苍苍,皱褶满面,坐在阳光下,戴着老花镜的乡村老太太就出现了。我的岳母已八十多岁高龄,身材佝偻,行动不便。每年端午节,仍要给儿孙辈绣香囊。戴上老花镜,一针一线绣好,装上香料,一只只杏儿大小、拙朴可爱的小老虎就做成了。据老人家说,拴在腰间可以辟邪。连我这样的老女婿也有一份。我女儿北漂京城,远在千里之外,老太太每次绣出香囊都要亲手交给我妻子,反复叮嘱,想办法给娃捎去。老太太没想到,女儿将外婆捎来的香囊视为艺术品,一件件都收藏起来,一天也没佩戴过,说是要永久保存,并晒出图片,在微信上广而告之,不知羡煞多少朋友。

这次参加笔会,遇见一位女作家,神情娴雅文静,落落大方,在众多的作家中既略显落寞,又亭亭玉立。问她平时除了写作、读书还有什么爱好,没想到她说,刺绣。问怎么绣,绣什么?她说,像过去那样,先自己绘好图案,再与布一起绷到绷框,然后一针一线,绣想象中的画面。我想,她是以绣花针为笔,绣自己心中的另外一种作品。问给谁绣?她说,给自己绣,绣好了收藏起来,过一段时间拿出来看看,自我欣赏。又说,也许以后多少年,儿女们会通过这些绣品了解他们的母亲。又问喜欢什么风格的绣品,她说,拙朴。又解释,我说的拙朴是乡村女儿家绣品里的那种朴拙,是粗犷里的细腻,是不事雕琢的美之初,是自然而然的原始美,因为这类刺绣作品往往能让人联想到温馨的农家生活,想起儿时母亲刺绣时的美好画面。

这样的女性,尤其这样的知识女性如今很少见了。我仿佛遇见了一位古典淑女,不由多看她几眼。因为她看到了刺绣的魅力,从刺绣中找到了自我,发现了刺绣的精髓。

赏 析

文章讲述了一种传统的民间技艺——刺绣,已有数百年的历史。作为女子出嫁前需学会的一项技能,刺绣代表着女子的心灵手巧,承载着诸多女子的细腻心思。

文章开篇,巧用比喻。将一件件精美的刺绣比作一个个婉约秀丽、清纯可人的美女,比喻形象而生动,让人感同身受地体会刺绣之美。

旧时女红,最看刺绣。刺绣最能表现女性的情愫与个性,也最能看出女子是否心灵手巧。女子的刺绣可与男子的文章相提并论。刺绣的女子神情专注而迷人。一件刺成的绣品,一颗怦怦跳动的心。鸳鸯刺绣,永恒主题。绣品定情,生死不渝。

技艺传承,爱的传递。刺绣是旧时乡村女人永远的技艺。这种技艺可以把爱传递给心上人和后人。刺绣作为一种纯手工技艺，是农耕文明的产物，与现代文明不免冲撞。浮躁的社会，疯狂的经济刺绣，扭曲了刺绣的本意，也传达出作者的隐忧。

　　刺绣精髓，篇末升华。神情娴雅文静、落落大方的女作家竟然爱好刺绣，读者和作者都会感到惊讶。女作家喜欢拙朴风格的刺绣，这拙朴是粗犷里的细腻，是不事雕琢的美之初，是自然而然的原始美。作者仿佛如获至宝，从现代知识女性身上看到了古典淑女的美。

（史晓明）

晋商四楼

明、清、民国五百多年，山西商人浪迹天涯，走西口涉大漠，挟轻资走四方，创造了海内最富的商业奇迹，研究者把这一时期的山西商人称为晋商。

晋商研究者大都认为，晋商有一个由南向北发展的过程，起源于运城盐池附近，然后才向晋中和山西其他地方发展。因为明代"开中制"后，最早得运城盐池之便，从"开中制"获利的首先是运城一带的商人。

运城古称河东，翻阅明代历史会发现，早期最具影响的晋商大都出现在河东，最早崛起的晋商实际是河东商人，盐池才是晋商的起点，河东才是晋商的发源地。这一时期著名的巨商大贾如展玉泉、王海峰、范世逵和王氏、张氏家族都出现在河东。王海峰"动辄万金不以为意"，张氏家族中的张允龄"累资数十百万。"可以这么说，明代著名的晋商大都集中在河东一带。到清代，地瘠民贫的河东地区百姓仍以外出经商为主要生存方式，民国《临晋县志》中有一段话，说明了当时河东人经商热到什么程度，"凡子弟成年，除家无余丁及质地鲁钝者外，余悉遣赴陕省习商"。他们告别家乡，下关陇，走河西，穷玉塞，历金城，入巴蜀，下吴越，在全国各地留下了艰难的足迹，积累起大量的财富。

巨额的商业财富叠垒起了河东的繁荣。明时，他们生活的蒲州（现永济）曾"甲宅连云，楼台崔巍，高接睥睨，南郭以外，别墅幽

营,贵家池馆,绮带霞映,关城所聚,货到队分,百贾骈臻"(《蒲州府志》)。河东各县也曾豪宅连片,楼阁庙堂逶迤,这样的场景让人能想象出河东当年的繁华。

仅仅过了几百年,这样的景象在蒲州旧城里已不复存在。一年前,我去蒲州旧城探寻商人遗迹时,出现在眼前的是一片残垣断壁。当年林立的店铺,豪华的宅院只能从想象中追寻。准确地说,现在的蒲州城只能叫遗址,真正的蒲州城在数十年前就变成一堆瓦砾,只有被岁月摧残成地垄的城墙还在固执地维护着曾经有过的荣耀。蒲州附近,除了张允龄高大的墓碑还藏匿在苹果园中默然叹息外,竟再找不到一点晋商的痕迹。就是在整个河东想找一座完整的晋商宅院也非易事,幸好还有一座万荣李家大院和几座保存并不完整的商家宅院,若不然就只能在断壁残垣,遗址废墟中寻觅商人们的足迹了。

河东又是个传统文化积淀异常深厚的地方,尧都平阳,舜都蒲坂,禹都安邑都建在这片土地上。封建社会两千多年,这里曾产生过无数豪杰俊秀,光耳熟能详的文化名人就有王通、王绩、王勃、柳宗元、王之涣、王维、卢纶、聂夷中、张彦远、司空图、司马光、关汉卿、薛瑄等。四百多年前,置身于这种文化氛围中的河东商人,身上除了浓烈的商贾气之外,怎能不受儒家传统文化感染,沾一身儒雅之气。

生活在这种环境中的商人,无论积累再多的财富,心中始终有一个解不开的结,在经商致富与读书入仕之间,他们举棋不定,一千多年的儒家思想像遗传基因一样,早已植入他们的骨髓。对于大多数商人而言,经商只是生活之需,从来没有成为奋斗的理想,修齐治平,功名利禄,才是他们终生的追求。为此,他们可以一辈子是个唯利是图的商人,骨子里仍然向往闪烁着理想光环的仕途官场。

我在考察河东各地明、清、民国商人时发现,隔着漫长时光,这种追求仍然像遮不住的呻吟声一样，从他们身后留下的豪宅峻宇、碑碣雕刻间流露出来，没有一丝一毫的掩饰，坦率得让人不知道他们到底是不是商人。五百多年间，他们在贫瘠的黄土高原上留下了鳞次栉比的宅院、林立高耸的楼台，以期光耀祖宗，福庇后人。多年后，他们的商业行为已经随着无情的时光被人淡忘，只有这些古老的建筑还在无语述说着他们的追求和惶惑。站在这些已成古迹的建筑面前，可以看到在财富的辉煌中，名与利，出世与入世，理想与现实，天上与人间，富贵与惊怵，把他们弄得心事重重，表情复杂，什么都想说，却又什么也没有说清楚。

时光如刀，当年华丽的建筑早被割得残破而且缺裂，顶着现代明丽的阳光，满脸灰暗地站立着，像一位执拗的老者，凄凉而又可怜。

山西商人的这种复杂的心境和惊悚的神情，在门楼、碑楼、牌楼和护家楼这几种建筑上表现得尤其突出。

门　楼

一座宅院无论多么气势恢宏，结构复杂，门楼肯定是最讲究，最精致的地方。

古人说："宅以形势为身体，以泉水为血脉，以土地为皮肉，以草木为毛发，以舍屋为衣服，以门户为冠带。若是如斯，是事俨雅，乃为上吉。"把门户看作冠带，是从风水角度来说的，其实门户，也就是我们说的门楼更像一个家庭的脸面，表现出的是这个家庭的气质和文化层次。站在不同的门楼下，会感觉到不同装扮的古人，用不同的神情在注视着你，产生不同的感受。

华贵的木雕垂花牌楼式门楼，一般是官宦人家用的，精致的雕刻，配上朱红大门和两旁威武的狮子，给人以森严的感觉。《红楼梦》

里刘姥姥进荣国府，就被高大威严的门楼吓得不敢进去，站了好一阵儿，溜到角门前，堆起笑脸向门吏道了一声"太爷们纳福"，才进得门来。

农耕社会商人地位低下，商家的门楼大多用青砖砌成，虽然也精雕细刻，高大气派，但从灰暗朴素的色调中，仍能看出主人低贱的身份和卑微的心理。若仔细琢磨上面的图案、文字，商家的心思就都在华丽的门楼上了。

每次走进商家宅院前，首先被精美别致的门楼所吸引，不由得伫立良久，望着上面各种繁复的图案和精美的雕刻，感觉好像一位商人正站在那里，张扬炫耀，得意之情溢于言表，又好像一副不满足的样子，充满了渴望。门楼是商人发财后为自己竖起的一座凯旋门，有必要把信念愿望都用图案的形式表露出来，龙凤呈祥、和合二仙、三阳开泰、郭子仪拜寿、麒麟送子、狮子滚绣球、松柏、兰花、竹、山茶、菊花、荷花、鲤鱼、宝瓶、麒麟、万字不断线，极尽华美地渲染着财富的力量，表露着主人祈求富贵吉祥的愿望。

被装饰图案簇拥的门额更像门楼的眼睛，上面简单的几个字才是主人真正想表达的意思，是主人做人行事的座右铭，把商家理想与愿望深嵌其中。有人说，门额往往宣扬的是儒家伦理观念，看多了就会发现，商家门额所蕴含的深意往往让人捉摸不透。若自以为有学问，不知深浅随意揣测，商贾们说不定会躲在门后大笑小子无知。

走进绛县南樊镇，残破的明清商家宅院让人目不暇接。在一条狭窄的巷道里，几座破败的砖雕门楼像峨冠博带的古人一样引人注目，倒不是因为门楼式样多么别致考究，吸引人的是门额上的字："无逸所""出入以度""懋厥德""桂兰馥郁"，说实话，当时我一个也没有弄懂，回来后查了资料才知道，这些字都大有出处，有的出自《尚书》，有的出自《易经》，深奥的含义远不是几句话能说得清的。

第四辑 女性烦恼 / 177

转过一道弯，迎面的门楼上是一幅木雕家训，旁边是两个大字"忠恕"，两旁有联："图书卷帙清芬远，孝友门庭德泽长。"发黑的字迹，工整的雕刻，好像又一下子把人带入一个书香门第，俨然倚门而立着一位饱读诗书的老夫子，若不知道主人的身份，谁能想象这里是个商贾之家。

在另一座门楼上，看到了"以孝肥家"四个字后，我笑了，心想古人竟还有用这种方法发财的，而且如此赤裸裸，查了资料，不想同样大有出处，这四个字竟出自唐代大诗人白居易之口，本来是八个字相连"以孝肥家，以忠肥国"，把前四个字刻在门额上，简洁明了，很适合商人的身份。

有了这样的门额，虽是商贾之家，浓郁的文化气息已溢出院外，表达的到底是儒，是道，还是佛，不得其解，深奥得让我这自诩为文人的现代人自愧弗如。

万荣县李家大院始建于道光年间，是山西南部保存最完整的商家宅院，占地一百二十五亩。大院南侧式样基本相同的四座豪宅比肩而立，这是李家财东李道升留给四个儿子的遗产，各院门前的青石门墩、石狮、石阶，尽显主人的尊贵威严，足以让外人望而生畏，让子孙刻骨铭心。门额上"谦受益""勤补拙"之类的话，分明是说给后代的。门楼下的木雕，无论吉草瑞兽，还是琴棋书画、场景人物，都寓意着平安吉祥、子孙兴旺。门楼下两侧的砖雕家训格言，让我们好像看到了一个对子孙谆谆教导的长者，"一粥一饭，当思来处不易；半丝半缕，恒念物力维艰"。"祖宗虽远，祭祀不可或疏；子孙虽愚，经书不可不读"。两段来源于《朱子家训》，儒家伦理道德观可见，殷殷舐犊之情可见，留下了这么丰厚的遗产，还不放心子孙以后的人生，真难为老人家了。

从李家大院的门楼上，还可以看出门楼中西结合的嬗变过程。大

院的另一位主人李道行（字子用），光绪末年曾留洋海外，在英国格拉斯哥实业专门学校纺织专科学习，宣统二年（1910年），与英国女子麦克蒂伦结为伉俪，毕业后，民国三年（1914年）携妻返回故里。

从金发碧眼的麦克蒂伦在黄土高原深处的李家大院中发出咯咯笑声起，李家大院就有了新的建筑风格。从工业文明的发祥地回到农耕文明的发祥地，从大洋彼岸回归到黄土高坡，被新知识浇灌的李道行和他的洋夫人带回来的不仅是一丝新气象，更多的是对中国传统文化的认同。

据说，刚刚回到被中国传统文化包裹得严严实实的深宅大院中时，活泼开朗的麦克蒂伦张开双臂，结结实实地给留着小辫的老公公来了个西式拥抱，结果，不明不白地挨了一记耳光。厚重的巴掌带着呼呼凉风，挟裹着千年伦理，惊醒了懵懂的西洋女子，让她一下子尝到了中国传统文化的滋味，以后的她，咯咯笑声中不能不带着几分收敛，几分苦涩。

如今走进李家大院，最引人注目的是李子用为夫人修建的那座哥特式西洋建筑，在鳞次栉比，重重叠叠的宅院包夹中，它是个另类，既显得那么特行独立，又那么苍白无助。尖尖的拱顶，垂直的线条显现出浓郁的异国风情，若细看，却会发现它已被中国文化同化，有了最能表现中国建筑特点的门额，文字是："怀德乐善。"两旁有对联："三省台前设棋枰欢留朋友，一经楼上藏书籍遗训子孙。"三省是指《论语》里曾子的"吾日三省吾身，为人谋而不忠乎？与朋友交而不信乎？传不习乎？"门额下的浮雕则是中国明清民居中最常见的图案，象征多子多孙的葡萄和象征富贵的金元宝。用这样的浮雕和对联，李道行明确地告诉麦克蒂伦他想要的是什么。

按照中国传统习惯，麦克蒂伦在李家被称为麦氏，在成为李家儿媳妇的同时，也成为一个被三从四德伦理纲常束缚的女人。丈夫特意为她买来的那架钢琴还在叮叮当当地响，流水落花，残阳如血，在动听的音乐声中，麦克蒂伦的思绪不能不飞到英伦三岛。1918年9月12日，麦氏用四年时间给李子用生育二男三女五个孩子后，在满眼的高墙峻宇中去世，年仅二十八岁。

还不足百年，黄土高原的风沙已经让那座哥特式门楼有了与大院里的所有旧宅一样的颜色，如同麦克蒂伦当年不可改变的金发碧目一样，尽管它早已向中国传统文化归降，却不能改变那一副天生的模样。

走过河东许多商家宅院，从一座座门楼上，我好像看到了商人们的矛盾心理，经商本该以追求财富为最终目标，偏偏把门楼弄得如此雅致。分明是要告诉每一个过往的人，这里除了财富还有精妙高深的文化，即使进入民国后，建筑形式中西合璧，这种心结仍不能解开。再看门楼上的匾额，好像一位披金戴银又一身儒雅的财东站在那里，用一种复杂的表情凝视着过往的人。

碑　楼

明、清、民国时期，中国是一个碑碣林立的国度。帝王将相、达官贵人、富商阔佬、文人学士、走卒贩夫，生前无论伟大还是渺小，荣耀还是落魄，死后能流传于世的，只有一块刻着文字的青石，即使他们的亡灵已被超度到天国，尸骨已化为黄土，碑碣还尽职尽责地把他们的名字留在人世，让子孙去追思，让后人去解读。

在寻访明、清、民国商人的几十天里，除了那些残存的深宅大院，我看到最多的就是躺在旮旯里的墓碑。与深宅大院相比，这些墓碑没有直观的让人赞叹的荣耀，岁月早就把商人的财富吞噬得无影无踪，只有带着一身荣华的大院，还在固执地坚挺着当年的身姿，即使

被风雨剥蚀得满脸沧桑，仍然是活生生的，不时用气派华丽阐述过去的事情。墓碑却没有这份幸运，从被掀翻的那一刻起，就失去了过去的体面，无论记载的事情有多重要，人物有多了不起，都只能随着碑碣本身的落魄被人淡忘。因而，当我看到那些华丽无比的碑楼时，不由得感叹，原来，为一通碑也可以竖起一座宏丽的建筑，用石刻文字记载历史的碑碣与高大巍峨精雕细琢的建筑结合，表现出的历史似乎更加生动，展现出的财富似乎更加绚烂。

碑楼又称为碑亭，是保护碑碣免受风雨侵蚀的亭状建筑。十多年前，我还在文物部门工作时，曾考察过一座碑楼。初冬的中午阳光明媚，几位老人悠闲地坐在巷里享受着阳光的温暖，还没来得及向老人们打听，那座碑楼已如同戏台上的老生般，一声叫板，抖擞着髯髯长须，闯进了视野，在满村的鳞次栉比的房舍中显得格外高大，用被岁月蹉跎成土黄色的身躯告诉看到它的人，这里曾经有过一段辉煌的历史，出过一位富有的商贾。

我站在下面举头仰望，阳光把它与天空连在一起，耀得人睁不开眼。等用晃花的眼睛再看上面精致的砖雕时，一幅幅图案仿佛都活了，带着一身的富贵翩翩起舞，就要扑下来与人拥抱。

村里老人孩子都把这座碑楼叫"花碑楼"，它确实"花"，砖雕的莲花、牡丹逼真精致，努力用娇妍的花朵装饰出一个富贵世界。

碑楼的主人姓樊，名紫薇，字帝室，乾隆四十四年（1779年）出生在猗氏县（现临猗县）东姚庄村一个贫寒之家。三岁丧母，靠外出乞讨和邻里接济为生。八岁时，进私塾读书，一年没读下来即失学。九岁时被送到曲沃一家商铺当学徒，不久便被辞退。又被送往陕西一家店铺熬相公(当学徒)。在这家店铺，樊帝室起早贪黑，苦熬岁月，时间一晃就是十年，命运好像始终不肯眷顾这位苦命的农家子弟，眼看过了二十岁，樊帝室仍孑然一身，若这样过下去，什么时候才有出头之日？

几年后，樊帝室靠省吃俭用攒了点钱，他觉得再也不能这么熬下去了，听说许多晋中商人在归化（呼和浩特）那边发了大财，他动心了，毅然辞了柜，渡过黄河，先回到家乡告别了父亲，只身向北，走过杀虎口，来到了归化。当时的归化城内，聚集了大量旅蒙山西商人，这些商人西去包头，北上恰克图，穿行在大漠之中，用一队队骆驼将内地的食盐、铁器、茶叶和布匹运往草原。这是个令人畏惧的行当，途中随时都可能遇到劫匪，樊帝室却从中看到了希望，用自己仅有的一点银子购买了几匹骆驼加入了驼帮。从此成为驼帮的一员，跟随驼队跋山涉水，风餐露宿，在茫茫沙漠中往来于归化和恰克图之间。赚来了银子他一点也舍不得花，又去购骆驼，他的骆驼在不断增加，驼队越来越长，越来越庞大，几年之间，竟达到了九百九十九峰。樊帝室的驼队在归化城出了名，商人们但有货物需要运输，纷纷来找樊家驼帮。

致富后的樊帝室异常节俭，对老父亲却供奉丰厚，唯一遗憾的事是不能奉养母亲。对于子孙，并不强求去读书做官，但要求他们都要学会一种技艺，作为以后的立身之本。几个堂侄家徒四壁，樊帝室出资，让他们都有了自己的生意。几年后，堂侄们的生意都有盈余。又乐善好施，碑楼内的《樊帝室墓碑序》中说："公得财虽艰，而用财不吝，近而邻里借贷并不计息，歉岁更乐于赈施，远而南蛮北狄，焚券安故友之心，散财延穷人之命，兼之建庙宇助军饷修桥路捐赀俱无难色，彼世之私所有而甘为守钱虏者闻公之风，亦可少愧矣。"这可能才是这座"花碑楼"立于村头百余年不倒的真正原因。

奇怪的是，墓碑上写的却是"乡饮介宾国学生帝室樊公之墓"，让人弄不清这个樊帝室到底是个做什么的，不细看碑文，还以为是个达官贵人呢。看来，樊帝室到底没脱封建时代商人的桎梏，也曾花钱

为自己买了个功名,直到死后,仍以自己是个生意人为耻,令他感到荣耀的反倒是这个花钱买来的介宾国学生。

其实有了这座"花碑楼",享受哀荣的商人叫什么名字,当年做的什么生意,有多少财富已无关紧要。这座碑楼会尽职地延续他的荣耀,述说他的故事,尽管简单,尽管是另外一种方式,却让他在许多年后,还能继续为人所知。

据村人说樊氏后人当年修这座碑楼时花费颇多,工程浩大,专门在村西开了座窑场烧砖,各地能工巧匠云集,精雕细刻,所有砖缝全部用糯米汁勾过,两年多后完工,正赶上樊帝室三周年冥日,樊家摆了流水席,周围各村百姓谁来都可大吃一顿,那几天简直是村里的节日。

再见到同样华丽精致的碑楼是去年考察明清商人途中。田野里,即将成熟的山楂红彤彤一片,如同火红的花朵一样,正在赞叹之际,那座古老的石雕碑楼好像悄悄走过来,不动声色地站在面前,在热烈的山楂树之间,那青灰色的躯体带着几分肃穆,把遥远的过去展示给我们。古朴典雅、秀美大气的碑楼,给田园风情增添了些许雅拙朴实、脱俗越尘的儒雅情趣,构成一幅自然天成、灵动雅致、幽静秀逸的田园画卷。

这是一座建于清乾隆四十九年(1784年)的德寿碑楼,一色青石雕就,四根石柱撑起的楼顶斗拱飞檐,看上去精美华丽,又极有气势。十米高的亭体巍峨壮观,在遍野的山楂树间显得分外气势恢宏。

这座矗立二百多年不倒的碑楼,是修给一位叫靳硕德的商人的。早在明万历年间,绛县槐泉村靳家就富甲一方,在山西、河南各地都有靳家字号,据传靳家每年都有镖银从河南运回,每次都有二三十驮银子,有一年镖银运回无处可放,东家竟给伙计说,让他们驮回去吧,咱这里没地方放了。靳家世代亦官亦商,延续三百年之久不衰,土改时，靳家一次曾捐出一千石粮食。这样一个大财东，在村里人望竟很好，这座碑楼的落款是：南北街合村仝立。

读罢碑文，只觉得那高大的碑楼，正在用一种孤傲的神气，娓娓述说着当年的富足。

及至看了乔寺村清代盐商周万忠巨型碑楼后，我才明白自己是少见多怪。

远远地望那座碑楼，我以为自己看见的是一座巍峨的高楼，我没有想到碑楼竟能建得如此高大，高大得出乎人的想象。

整个碑楼竟有十七米宽，十五米高，在蓝天白云下，像一座高楼，然而它所带来的古朴之气分明在四周的绿树间氤氲，仔细看，又被它的精美别致所折服，单看顶部，你会以为那是一座华丽的宫殿，看下面的砖雕，你可能又会以为那是一座极尽华美之能事的影壁，但下面接连七个碑室，又会告诉你，这确实是一座碑楼。看了这样的碑楼后，你会见识中国古代砖雕艺术的美轮美奂，感叹仅凭一块块青砖，竟能演绎出如此丰富的内涵，产生如此强的感染力。那栩栩如生的人物，形象生动的花卉，精妙绝伦的纹饰，让人看了之后除了赞叹，再也无话可说。

碑楼建于清道光十七年（1837年），当年，修这样一座碑楼肯定是一项浩大而又旷日持久的工程，巨大的费用绝非一般商人所能承受。这是一幢用巨额财富垒起来的碑楼，一座充满着能工巧匠智慧的碑楼，一座代表清代砖雕艺术水准的碑楼。享受如此哀荣的是个什么样的人，做过什么了不起的事？

如果爬上高大的台阶，一通通碑看去，你会被碑文上那赞美的文字和俊逸的书法弄得眼花缭乱，好容易看完了，会发现所有的溢美之词和精美雕刻都在印证一个商人的奋斗历程。此时，整幢碑楼会散发出一股逼人的富贵之气。这种气息从道光年间一直弥漫到今天，站在

碑下驻足仰望，只感到卑微之气袭遍全身。

清代商人周万忠用这么一座豪华美丽的碑楼，让后人记住了他，用这么一种特殊的形式，把清代的荣耀延伸到了今天。然而，人们记忆更深的还是碑楼本身，商人周万忠只是深藏在碑楼里尴尬地微笑。

碑楼太华美了，当财富演变成物质时，人们需要的往往是物质。当周万忠把巨额财富叠垒成一幢碑楼时，人们就只记住了碑楼，没人知道周万忠长什么样，甚至没人知道他做过什么，只知道他是个商人，尽管他一定是位了不起的商人。

此前，我刚看到过著名的司马温公神道碑楼。当时曾想，以司马光的身份确实应该享有那么高大典雅的碑楼。看到这座碑楼，才知道文人的高雅在商家的富丽堂皇面前，只能叫简朴，文人的骄傲在商家逼人的富贵面前，只能叫穷酸。

在以后的考察中，我又看到了各种各样的碑楼，其中，令我震撼的是河北省曲阳县北岳庙中的明朝皇帝御碑碑亭，比起商人、文人的碑楼，帝王的御碑碑亭巍峨得更乎霸气，简直就是一座御碑宫殿，但那是皇权之碑，已不在我的考察范围之内。

在考察商家碑楼，分辨上面的文字，欣赏精美的雕刻时，我感到，在这个世间，真正容易被时间湮没的，其实是令千万人趋之若鹜的财富，才过了几百年，富商们留在世间的就只有碑楼上的那几行字了。中国是一个商不入史的国度，尽管多数商人同样也把仁、义、礼、智、信等儒家观念挂在嘴上，历代帝王却从来不屑于让商人与他们一同躺在历史的棺木中，刻在青石上的那几行简单的文字，往往就成了商人们留在人世的最后一样东西。那是子孙对先人的盖棺定论，把对祖先的怀念全都化作毫不吝啬的溢美之词，因而墓碑上的文字其实是对商人们唯一的赞美。对于普通人来说，也许足以慰藉，对辉煌一时的富商们来说，岁月仍然显得太残酷了。一生精明的他们，在人生与历史的交易中最终亏了大本。

牌 楼

考察山西明、清、民国商人期间，参观过不少宅院、寺庙，徜徉其中，或欣赏古建的精美，或体会宗教的神秘，沐浴在殷殷古风之中，无不发怀古幽情。只有一种古建筑，看完后，心里只感觉堵得慌，像目睹了一次残忍的施刑过程，几天过后心里还隐隐作痛。

从苍翠的中条山下经过，不远处两座高大的建筑格外引人注目，蓝天白云，原野苍翠，两座建筑一前一后，像两位身材瘦削的女子孤独地站立着，用灰暗的色调和抑郁的神情，无语诉说着曾经的苦楚。

这是两座牌楼，因为建在永济市东姚温村西，人称东姚温牌楼，西面的是一座石牌楼，建于明崇祯元年，东面的是一座砖牌楼，建于清乾隆十五年。两座不同材质的牌楼，像两位身份不同的女人，各怀心事地注视着远方，思念着永远也不会归来的亲人。

牌楼，又叫牌坊，是中国独有的一种建筑形式，由门棂演变而来，多为古人感念有功之人或事修建，意在褒扬功德，旌表节烈，有人把牌坊称为中国所特有的个人纪念碑。按照儒家的忠孝节义，牌坊分忠字坊、孝字坊、节字坊、义字坊四种。其中最令人难忘的是节字坊（即贞节牌坊）。封建社会倡导"君为臣纲，父为子纲，夫为妻纲"的伦常秩序，若妻子不为丈夫守节，会被视为大逆不道。汉、唐时期，民风开放，对女子操守尚不苛求，女子再嫁也不以为耻，唐玄宗甚至可以娶儿媳妇做妃子。宋代以后，程、朱理学兴起，提倡"存天理，灭人欲"，对女子贞操要求愈发苛刻。理学家朱熹、吕祖谦的《近思录》有言，问："或有孤孀贫穷无托者，可再嫁否？"曰："只是后世怕寒饿死，故有是说。然饿死事极小，失节事极大。"以后，

"饿死事小，失节事大"成为封建社会妇女的枷锁，不知有多少红颜女子因为这句话苦守空房，苟活人世。明朝初年，朱元璋曾诏令旌表节妇，"凡民间寡妇，三十以前，夫亡守志，五十以后，不改节者，旌表门闾，除免本家差役。"贞节牌坊就是这种奖励制度的产物。据清人赵翼在《陔余丛考》旌门法式中所述："旌门之式，旧最繁重……皆官为建造也，今制应旌表者官给银三十两，听其家自建。"东姚温村的这两座牌坊究竟是谁修的，发生过什么故事，上面并未刊刻，查《永济县志》也一无所获，守了一辈子寡的两位女人，一生的慰藉就是这两座牌坊了。

离开东姚温，我又看到了一座牌楼（坊）。在绛县南樊镇满街锃亮的新房夹缝中，那座牌坊像一位衣着华丽，却一脸苦楚的女人，诉说着百年前的遭遇。细看，又不禁被她的巍峨精致慑服。三重飞檐若展开的翅翼，若一只大鸟，好像就要从祥和的蓝天上扑下来。牌坊高达十二米，最上一层正中间的"圣旨"两个字，彰显着这位节妇曾经有过的荣耀。牌坊是集雕刻、绘画、匾联文辞和书法等多种艺术于一身，融古人的生活理念、道德观念、民风民俗于一体的建筑形式。这座牌坊好像决心把这些功能都演绎到极致，每一重石刻都精美绝伦，每一重雕饰都极尽华丽，戏剧场面，花鸟瑞兽，玉瓶香鼎，重重叠叠延伸下来，该主角出场了。一层通栏刻着："诰封中宪大夫贾凝瑞之继妻李恭人节孝坊"。如此隆重热烈的场面，出来的角色却连名字也没有。最下层正中雕有一组人物，几个侍女簇拥着一位老夫人，两旁各有凤凰、牡丹图案陪衬，想来这位老夫人就是牌坊的主人李恭人了。

这座牌坊四柱三门，立柱上的楹联竭力旌表李老夫人的孝贤贞节，一副是："孝竭龙盘铭重性，清台凤举仰高风"，一副是："苦心宜吟潘岳赋，澄心不愧孟郊诗"，上方的匾额上分别为："冰雪齐洁"

"松筠比贞"，看完两副对联，一位苦心守节，忍辱负重的节妇形象呼之欲出。

这些似乎都还不足以彰显李老夫人的高节，牌坊东侧另建有一座碑楼，用一通通碑碣，一幅幅文人题联，真、草、隶、篆各种书法，颂扬李老夫人的忠孝节烈。

至此，一位节孝贞洁的老夫人，终于带着一身的珠光宝气走到了台前。

贾家原籍在河南洛阳贾家庄，明崇祯元年来到南樊谋生，一开始靠做小生意为生。到第六代发展成为大商户，从此亦官亦商，子弟多步入仕途，清代乾隆年间，第七代贾凝瑞贡授詹事主簿，中宪大夫，官居四品。继妻李氏出身名门望族，自幼熟读诗书，乐善好施，贾凝瑞英年早逝时，李氏才十九岁，立志守节不嫁，独立支撑门户，抚养子女，几十年如一日，最终使两个儿子都走上仕途。李氏病逝后，嘉庆皇帝大加褒赏，下圣旨旌表。嘉庆八年（1803年）十月恩准为李氏修贞节牌坊，第二年十一月牌坊落成。

如今站在这座巍峨的牌坊下仰视，一组组的人物、花草好像都化成了一段苦涩的光阴，一道道雕刻好像化成了时间的皱褶。阳光照耀在牌坊顶端，晃人的眼睛，那一刻，我好像看到一位红颜少妇在声声哀叹中，渐渐变成一位白发苍苍的老太太。再看那牌坊，感觉分明就是用女人的辛酸、无奈和艰辛做材料，和着女人的眼泪做成的。

李氏因为养了两个有出息的儿子，被立坊旌表，不知还有多少像李氏一样苦心守节的商人妇，因为丈夫创业未就被湮没在历史的烟尘中。旧时，中国各地方志中都有"列女传"，民国《闻喜县志·列女传》中也记载了许多商人妻子。

小祁村张国彦，妻赵氏，年二十，国彦贸易出外，十年无音讯；
胡城村薛氏，张学优妻，于归三年后，夫贸易河南，遂殁于外；

三合巷叶氏，李步丰妻，年十八于归，甫数月，夫出贸易，遂殁于外；

东乡西村行氏，张洋妻，字洋未嫁，洋贸易远方，殁于外，行氏年十七岁；

仁和巷程氏，叶玉堂妻，年十八于归，甫十日，夫即外出贸易，越二年，夫以病归，抵家不数日，卒，无子女；

东宋村马氏，王思忠妻，年二十，夫外出不归；

东韩村郭氏，宋三畏妻，年十七于归，甫半月，夫贸贩金川（今陕西安康），音讯杳绝；

上头地鲁氏，卫述瑗妻，十七而嫁，二旬而夫远贾，遂殁于外；

叶氏，任玉耀妻，于归甫十日，夫出外贸易，三年无音耗，后闻病殁。

从这些记载中可以看出，丈夫外出经商时，这些女人年龄最大的也没有超过二十岁，新婚后相聚时间最长的三年，最短的才十天，从此便是漫长的等待，与绛县南樊镇那位李氏一样守了一辈子寡。更可怜的是那位定了亲还没过门的行氏，一辈子独守空房就为了"节孝"两个字。中国封建社会是个男人的社会，虽然每个成功的商人背后，都有个厮守家乡的女人，但除非女人们贞操节烈得足以彰显纲常伦理，否则只能默默无闻被时间湮没。

知道了这些女人的遭际，再看这座牌楼，感觉它更像一个标识，一个象征，代表着封建社会所有女性的共同命运。

那天阳光明媚，牌坊下，村里几位女人缓缓走过，没有人像我一样惊奇赞叹。21世纪的牌坊只是一段历史，一种景致，供像我这样的人去感叹。

护家楼

每次走进残破的明清富商宅院，望着倾斜的砖墙、坍塌的屋顶，总有一种凄凉的感觉。所有的雕刻、门匾，好像都是一副无助的样子，在瑟瑟发抖。

封建社会的商人无论曾经有过怎样辉煌的业绩，多么富贵荣耀，始终是个怪物。中国传统文化实际是一种农耕文化，不光抑制商业发展，而且并不保护商人利益，封建皇权决不允许哪一位商人的荣耀在王土之上绽出光彩，世俗之见也常常对商人的财富虎视眈眈。在社会动乱、战争频仍之际，商人的财富就像一块不设防的肥肉，随时都有可能被张着血盆大口的社会吞噬，看似豪华的大宅院其实是风雨飘摇的孤岛，随时都可能被滔天巨浪淹没。高墙峻宇正是富商们怯懦心理的体现，有时候，远远地望见一座大宅院，会不由得想起他们战栗蜷缩的身躯。

看到几座护家楼后，这种感觉更强烈了。

夏县西下冯村是我并不陌生的地方，在鳞次栉比的农舍中，那座高大的护家楼像个巨人般突兀地进入视野，走在村巷中，只觉得楼上黑洞洞的窗口如同一双警惕的眼睛，紧盯着过往的每一个行人，高耸挺拔的楼体绷直了全身肌肉，拳头攥得咯咯响。渐渐走近，护家楼的表情好像渐渐发生变化，黑黑的窗口空洞茫然，现出怯懦的神情，被风雨吹打成土黄色的楼体，像一位站在田野里的庄稼汉，一副底气不足的样子。

走近了看，楼体足足有五层楼房那么高，最下层是一道小小的拱门，门扇用厚厚的铁皮包裹，上面圆钉密布，厚重结实得非常人所能撼动。门内有个深达数米的大坑，里面填有生石灰，家人躲进去后，抽去盖板，便成为一个机关，不知情的人贸然闯入，会掉进坑内呛死。二层与相连的房顶贯通，看来当年整座宅院就是一个完整的防御体系。最上层雉堞之间，建有一座造型别致的小屋。遥想当年，站在这样一座护家楼上，方圆三五里之内出现什么异常情况，都能看得清清楚楚。

拥有这样一座护家楼的肯定是家产万贯的大户人家。楼下的院子是村委会，一位老者等在那里，他叫杜学诗，七十二岁，曾经当过医生，是这户人家的后人。据他介绍，曾祖父是个乡村秀才，靠教书维持生计，家境异常贫寒。祖父杜月桂生于清光绪年间，少年时即开始走村串巷做小生意，后来在西安熬相公，当掌柜，生意渐渐做大，在西安、蒲城、解州等地都有自己的店铺，另在北京开有一家鞋帽店。发迹后，在家乡广置田宅，有土地四五百亩，骡马四十多匹，雇佣长短工二十多人。此时已进入民国，杜月桂共有四个儿子，老大少亡，二儿子杜宝和北京朝阳政法大学毕业后，任闻喜县法院院长，四儿子杜宝仁黄埔十一期毕业后，曾在甘肃天水任上校团长，老三杜宝太在家主持家务。

见我更对护家楼感兴趣，老人说，这楼建于1937年，和我一般大，当时二战区七支队、八支队和土匪经常骚扰，主持家务的父亲购买了枪支组织家人护院，又决定建一座护家楼，请的是河津匠人，盖了整整一年，没想到楼刚建好，日本人就来了。民国二十七年（1938年）六月初八，日本兵闯进西下冯村，先杀死了好几位村民。听见枪响，一家人惊慌失措躲进护家楼，刚上楼，外婆突然想起正房桌子抽屉里还放着几颗护家用的手榴弹，又下去取，这时楼上的人已能听见日本兵在巷里哇啦啦喊，真为外婆捏一把汗。多亏外婆胆大，手脚麻利，刚上楼日本兵就进了院子，在房里折腾一阵，把那张桌子抬到巷里给村民开会。现在想，如果日本人发现了那几颗手榴弹，全村人还不都跟着遭殃吗！

巷对面的一个门楼下坐着一位老汉，呆呆地朝这边看，杜学诗老人朝他招招手，那位老人七十多岁的样子，也是杜家后人。杜学诗介绍："他一辈子就在村里，比我知道的多。"那位老人缓缓走过来，一声不吭，蹲在村委会门口，杜学诗说："市里有人来了，想了解情况。"等我们问起杜月桂的几个儿子时，老人满脸惶恐，像个被提审的犯人，结结巴巴说："他们历史不清白！"

同行的人都被老汉的话震惊了。已经过去数十年，这位富商的后代还在用惶恐的心理为祖先的财富赎罪。我在采访晋商后代时，已多次遇到这种情况，临猗富商王万年、王东顺的后人，提起曾经辉煌过的祖先，都还是一副诚惶诚恐的样子。

直到我们离开时，那位老人仍没能从恐惧中解脱出来。看得出，几十年来，祖先的财富带给他的始终是罪恶感，高耸的护家楼并没能保护杜家后人，反倒成为老人心中挥之不去的阴影。

在绛县南樊镇的一座农家院落里，我再次领略了护家楼的气势。

明、清、民国时期的南樊镇是个富商迭出的地方，至今镇内遗存的豪宅依然随处可见。其中保存最完好的就是这座护家楼。走在石板铺就的巷道上，望着两面不时出现的旧宅院，旧时商家的气息已洇满了脑海，再看见这座护家楼时，就没有了在西下冯村时的突兀感。一座农家院里，牡丹绽出娇艳的花朵，一位头发花白的老太太安详地坐在一旁，蓝天白云，凉风吹彻，显现出乡村特有的宁静平和。盯着那座护家楼看了一会儿，就感到一种气息在扩张着，渐渐改变了四周的气氛，那是一种财富独有的霸气，横冲直撞，不由分说地占据了人的头脑和周围的空间。

还是那么没有道理的高大挺拔。土黄色的砖墙像一张严峻的脸，冷冰冰地面对着下面走过的每一个人。没有农舍的温馨，没有茅屋的质朴，仿佛生来就是让人畏惧的金刚。这座护家楼建于清乾隆二年（1737年），三间面宽，二十几米高的墙面上，除了底层开有一道门、两只窗外，只在高处正中有个圆形的孔，匾额上三个大字"居之安"，透出这座护家楼一脸冷漠的本意。可能在主人看来，想在堆满财富的豪宅里安稳居住，也不是一件容易的事。

门同样异常结实，外面的门闩看起来平常，实际插销上有道浅槽，插上后，老太太递上一把老式钥匙，任我使尽浑身解数硬是挖挠不开。门后的机关更多，横的竖立的多达十几道。然而，再高耸的护家楼，再结实的门，再多的机关，依然没能挡住家族的衰落。当大厦将倾，时事变迁时，护家楼、大门、门闩只是一种摆设。

临猗县北马村富商王东顺的门房本身就是个护家楼，也是我看到过的保存最完好的此类建筑。至今走在村里，仍能感到它那拒人于千里之外的神气，高大巍峨的楼体，土黄的色调，精美的砖雕，炫耀着当年王家富贵的同时，好像至今仍在睨视着周围新建的农舍。

王东顺的父亲王甲山，绰号毒药罐子，晋南一带方言把干活下死力，做事有心计称作有毒气，王甲山正是这样的人，因字贯之，人称毒药罐子。说王甲山干活毒，毒到什么程度？笔者采访他还健在的孙媳妇时，这位八十多岁的老太太讲了王甲山是怎么干活的。

晋南是产麦区，每年五六月间收麦子是庄稼人最繁忙的季节，一般要连续忙差不多一个月，期间最害怕的是下雨。王家土地多，王甲山又是那种毒药罐子性格，望见黄澄澄一片成熟的庄稼，恨不得一下子就把麦子全装进囤里。收割小麦是很重的体力活，一般人白天劳累一天，到晚上能累得趴下。那种毒气个性，让王甲山好像浑身都是力气。每天，他只允许自己睡一炷香的工夫，怕误了时间，睡觉前在身上插一根香箸，等香箸燃尽，烫到皮肤时，立刻爬起来再去干活。

到儿子王东顺手里，王家开始经商，在山西、陕西两省开有商号数十家，其中有当铺、钱庄、烟房、药店、点心铺。民国成立后，军阀连年混战，王东顺凭着与父亲一样的苦头和精明灵活的头脑，苦心经营，生意反而达到极盛期。十几年间，北马王家已是临晋县最大的财东。据说，每隔一段时间，王东顺都要派两名忠实可靠的伙计往北马村送银两，两位伙计都是贫民打扮，赶着毛驴，甲送的收据由乙带去，乙送的收据由甲带交送，两相制约，免生弊端。十几年间来回往返不计其数。

20世纪30年代初，王家花七万块大洋从晋中灵石县购来一座完整的四合院，车拉骡驮运回来，照样建成后，恰逢晋南一带兵祸连结，土匪横行，眼看几代人一砖一瓦积累起的财富不保，民国二十二年（1933年），又建起了这座护家楼。

高大结实的护家楼给人以壁垒森严的感觉，王东顺无论如何也想不到，仅仅过了十多年，这座护家楼便不攻自破，王东顺本人也被乱棍打死。现在看，这座护家楼不光把王家的荣耀延续了七十多年，也把王家的惶恐心理延续了七十多年，雉堞间的枪眼，墙体上的圆孔，如同一双双眼睛，七十年来就这么一直圆圆地瞪着，空虚而又无奈，默默表露着当年险恶的商业环境。

辉煌了五百年的山西商人终于无奈地谢幕了，护家楼是他们最后的道具。在明、清、民国商人留下的众多遗迹中，护家楼可能是最雄伟的一种，然而却没有古关隘的激昂，古城堡的壮烈，在世俗的重围中，一开始就战栗迷惘，直到今天。

赏析

这是一篇较长的散文。晋商者，历明、清、民国五百余年走四方闯天下创造商业奇迹的山西商人也。晋商四楼者，门楼、碑楼、牌楼、护家楼。最早崛起的晋商实际是河东商人,盐池才是晋商的起点,河东才是晋商的发源地。这是作者作为河东人的骄傲和自豪,也为作者更好地研究晋商四楼提供了便利。

门楼是晋商宅院最讲究、最精致的地方。门楼更像一个家庭的脸面,体现一个家庭的气质和文化层次。商家门楼不同于官宦人家。官宦人家多是华贵的木雕垂花牌楼式门楼,而商家的门楼大多用青砖雕成。官宦人家门楼高大威严,商家门楼则在高大气派之外多了几分低贱卑微。门楼是商人发财后竖起的凯旋门,精美的图案和蕴含深意的文字,表露着主人祈求富贵吉祥的愿望和做人行事的伦理观念。晋商门楼似乎要告诉你,这里除了财富还有文化。

碑楼的荣华和牌楼的精美却有不同的含义。碑楼诉说着商人的成功和荣耀,牌楼则旌表着贞妇的节烈和忠孝。碑楼能够历数百年而不倒,碑楼的主人若乐善好施,财富虽湮没在历史的长河中,美名却为后人称道传颂。而每一个成功商人的背后,都有个厮守家乡的女人。牌楼就是用女人的辛酸、无奈和艰辛做材料,和着女人的眼泪做成的。

高大的护家楼似乎像个巨人般保护着晋商,但高墙峻宇正是富商们怯懦心理的体现。在重农抑商的传统农耕社会,商人的财富像一块肥肉,随时可能被吞食。护家楼并没有给晋商提供真正的保护,很多晋商的结局甚至是凄惨的。护家楼成了辉煌五百年的晋商谢幕的最后道具。

四楼之间看似联系不大实则环环相连。从代表家庭脸面的门楼,到代表着荣耀的碑楼,再到彰表贞节的牌楼,最后是护家保平安的护家楼。每一种楼所包含的不仅仅是历史建筑风格,更蕴含着五百年晋商的荣辱兴衰与世事沧桑。

(史晓明)

婚嫁何处

家乡的婚礼场面热闹而独特，可谓中西合璧，有浓重的地方特色，又不失现代气息。迎亲那天，新郎骑高头大马，着西装革履，伴着鼓乐来到新娘家，新娘着婚纱，持鲜花，离开娘家时，先上马，随后与新郎一起，在同样骑高头大马的伴郎、伴娘的陪同下，一路鼓乐鞭炮齐鸣，在新郎家门前下马，最后才是典礼仪式。参加过多次这样的婚礼，我发现新娘、新郎家的距离越来越远，远到我们这一代人不敢想象的地步，异地联姻在我们这片封闭的黄土地上已成常态。春秋时期，我们这里是"秦晋之好"的故事发生地，如今，乡村青年的联姻，何止秦晋。我家就是这样，大女儿六年前出嫁，婆家在内蒙古，距我家上千公里。前两天，北漂的小女儿告诉妻子，她有男朋友了，已到谈婚论嫁程度。妻子感叹，现在的女孩嫁得越来越远了。

与两个女儿相比，妻子娘家与我家，近得不能再近。

妻子娘家与我同村，两家距离超不过二百米。我们这里有句俗语：好姑娘不出村。当年，岳父母所以愿意将女儿嫁给我，并非我有多优秀，是考虑两家离得近，他们老两口年迈时女儿照应方便。更早的时候，姑姑也嫁在本村，与我家距离同样不远。本家七叔和七婶，两家距离才三十多米。我们村是个临近城镇的平原小村，二百三四十口人，同村婚嫁的至少有五对。婚嫁对象在周围村，距离不超过两公里的，有几十对。再远，婚姻半径也不会超过五公里。逢年过节，陪媳妇回娘家、走亲戚，或套上驴车，或骑自行车，或相携步行，吃完

早饭去,悠悠荡荡,午饭后回来,到家也就下午时分,还可下地干半晌活儿。

乡村习俗最讲地域,像一潭碧水,不能融入其中时,或浮上来,或沉下去。村里人都姻亲套姻亲,极少有外地女人。谁家媳妇若娶自外地,好像是异类,说话口音、脾气、穿衣、吃饭都怪怪的,甚至连神情气色、走路姿态似乎都与当地不同,终其一生,总给人一种隔膜感。我岳母原籍河南新安县,十三四岁随母亲来到山西,如今嫁给岳父已近七十年,说话仍能听出河南口音,生活中也能看出不同于当地的习俗。我上小学时,有位同学母亲是安徽人,当时三十多岁,身材高挑,面容姣好,却始终不能为同村人接受,连干活、逛集都躲得远远的。后来,这位同学到婚娶年龄,媒人为他介绍对象,对女方父母说:"这孩子什么都好,就他妈是个外路人。"言语之间,仿佛娶了外地女人,是个不可弥补的缺憾。

旧时婚姻半径的大小,与家庭状况和个人境况好坏,往往成反比。家庭条件越好,个人条件越优越,婚姻半径越小,反之越大。我祖父曾有过三次婚姻。第一次娶的是富贵人家姑娘,岳家在镇北四里,成婚后,有了我父亲和一位叔叔。第二次成家时,因为是二婚,又有两个孩子,继祖母娘家不光经济状况差,还离得更远,在镇西十里;第三次成婚,家道中落,祖父本人已年过三十,岳家的光景更差,与第二次婚姻相比,婚姻半径虽没扩大多少,却上了镇北的峨嵋岭,若以现在论,等于娶自贫困山区。

直到20世纪80年代之前,这种状况仍没有改变。出生于20世纪40年代末至60年代初的农村青年,婚姻半径很少超过五公里,古老的村落里,几乎看不到年轻的外地女性。偶有谁家孩子在外地工作,带回来个外地媳妇,乡邻会像看大熊猫一样稀罕,当面夸赞,回去后却阵阵窃笑,说饭也不会做,鞋底也不会纳,仿佛娶回来个灾星,以后必会败家。

厚重的黄土地，培育了一方民风，同时也将一方百姓死死拴在土地上，形成一个封闭的姻亲圈。村人婚嫁只能在这个小小的圈子里寻寻觅觅，说媒拉纤的，多是邻里乡亲。他们的生活范围就那么大，往往是一个姑娘嫁到某村，又会将该村的姑娘介绍到娘家村里，两村数辈人之间，发生婚姻关系的很多。文学作品中，媒婆的形象不太好，伶牙俐齿，坑蒙拐骗，不知有多少乡村青年因媒婆毁掉了美好爱情。实际在乡村，说媒被认为是积德行善，并无职业媒婆，文学作品中描述的媒婆，不过是古道热肠的乡村女人。她们的生活范围仅限于本乡本土，并不一定能说会道，掌握的婚姻资源有限，婚介对象不过是姻亲朋友圈内的青年男女。她们成人之美，也毁人之爱，成就姻缘，也毁坏爱情，但乡村离不开这些人，青年男女婚姻大多由她们撮合而成。

当年，我与妻子的婚姻就是由同村女人说合的。说媒的女人大我两辈，属祖母级，实际很年轻，结婚还没几年，才二十多岁，是个腼腆俊秀的女人，与生人说话都脸红。我与妻子同村，一天三晌在一起干活，知根知底，经她两面说合，等于捅破了那层纸，水到渠成。岳父母同意女儿这桩婚事，原因是两家离得近，可相互照应。令岳父母没想到的是，高考制度恢复后，我上了大学，本来门当户对的姻缘，一下变得不对等。我们已相处多年，却还没有结婚，岳母担心这桩婚事不能成，连看我的目光也与以前不一样，不再那么挑剔，带上几分疑惑，又有几分担忧。在岳母战战兢兢的期待中，我们结了婚，岳母又有了另外一种顾虑，担心我将她女儿带进城里，虽然我工作的小城，离村子只有二十多公里。结婚十多年后，我在小城有了住处，一家人迁过来。回想父母的初衷，妻子每隔几天都会回去看望两位老人，岳母还是感叹："当初，同意你们定亲，就是因为两家离得近，

谁知道后来离这么远。"仿佛我能娶她女儿,与我这个人没关系,是沾了两家距离近的便宜。

改革开放后,村里不时出现嫁娶远方的婚姻。每当有男孩领回外地媳妇,村里女人照例像看稀罕一样,赶过去看。若是女儿嫁往外地,无论男孩有多优秀,当父母的都显得很无奈,好像从此会失去女儿。近几年,异地婚姻更多。晋南民风尚文,父母望子成龙,自己再受苦,也要让孩子读书上大学。带来的结果是,孩子毕业后工作不一定有多好,男孩说不定会带来个外地姑娘,女孩说不定会嫁往外地。这些婚姻有的跨省,有的跨市,还有个别跨国的。每年春节期间,村子里好像是各地女孩的T型台,展示出不同风采。我算了算,小小的村子里,娶外地媳妇的男孩,竟有二十多位。这些女孩光鲜亮丽,只有春节那几天,在村人眼前一晃而过,模糊得像个影子。嫁往外地的女孩更多,嫁出去了,好像从此消失,只有当父母收拾行囊,准备外出看女儿时,村人才想起这女孩的存在。

我家兄弟六人,子侄辈十一人。我们这一代人成家,婚姻半径没有一位超过三十公里。我在家行三,与大哥年龄相差十多岁,婚姻半径最小,不到二百米。六弟与我年龄也相差十多岁,婚姻半径最大,跨了县,也不过二十多公里。子侄辈中,大哥有三个孩子,大侄儿和大侄女属"60后",比六弟还年长。另一位侄儿属"70后",与六弟年龄相差无几。三位侄辈婚姻半径也很小,全都婚嫁当地。其余几位子侄辈结婚时间都在2000年之后,婚姻半径似乎在一轮轮扩大,二哥的孩子娶的是一位桂林姑娘;我女儿婆家内蒙古;四弟的女儿是跨国婚姻。大侄女有两个儿子,大儿子当过几年兵,复员后远去西藏拉萨创业,自己开了家宾馆,打拼不过三四年,领回个苗条秀丽的贵州女孩,如今已结婚生子。大侄儿是个下岗工人,有一儿一女,女儿北漂数年后,远嫁云南。婚礼后数天,携新婚在老家镇上请客,我赶回来，刚下车，远远望见一位满头白发的老太太拄根拐杖，颤颤巍巍，朝饭店走来。走近看，是嫁在同村的姑姑。老太太已八十多岁，腿脚不便，嫁出去六十多年了，依然为娘家人操心。娘家无论大小事，总要赶来，以姑奶奶身份，指点不到处。对于家里这么多异地婚姻，老太太说，只要娃满意，远近都一样。

这些年，参加过多次年轻人的婚礼，发现异地婚姻占了大约三到四成。他们相爱的媒介不再是村里的媒人，而是开放的社会环境。父母们发现：读书越多，婚姻半径越大；社会越开放，孩子们追求幸福的空间就越大。儿女婚嫁何处？父母们越来越迷茫，但他们认定了一点，距离再也不能成为年轻人婚姻的阻碍。

赏析

男大当婚，女大当嫁，这本是个社会学话题。千百年来，男婚女嫁自然是一件大事。但婚嫁何处也很重要吗？在作者看来，婚嫁何处确实是一件很重要的事情。

文章开篇先点出家乡婚礼的场面热闹而独特。既有浓重的地方特色，又不失现代气息。紧接着引出作者的感叹：新娘、新郎家距离越来越远，异地联姻在我们这片封闭的黄土地上已成常态。对比"我"和妻子的娘家相距不过二百米，现在的女孩真是越嫁越远了。

作者引用家乡俗语：好姑娘不出村。而岳父岳母将女儿嫁给"我"的真实原因是考虑到两家离得比较近，方便女儿回家照顾父母。作者又举祖父和当地人的事例，概括出当时婚姻半径与家庭状况的关系：家庭状况越好则婚姻半径越小，反之则越大。形象地说明了20世纪80年代前人们对于婚姻半径越小越好的众识。又以同学来自安徽的母亲为例，说明了当时外地女人嫁过来遭受歧视的境遇。

全文多用对比手法，20世纪七八十年代近嫁与远嫁做对比，七八十年代人们对于远嫁和当今时代人们对于远嫁看法的对比。生动地刻画了随着时代进步中国社会的婚姻家庭的变迁与人们不断改变固有观念的变化。

文章最后：儿女婚嫁何处？父母们越来越迷茫，但他们认定了一点，距离再也不能成为年轻人婚姻的阻碍。看似无可奈何，实则透露出老一辈人对于儿女婚姻变化的被动接受，明确表达出时代的变迁对婚嫁的影响。

（史晓明）

以神性的温情,关注芸芸众生的日常
——读韩振远散文集《苹果与女人》

/ 李云峰

一

记得1980年代初期的高中语文课本里面有一篇课文,写到新疆天山一处野苹果沟的秋天,那一树树没人摘的累累硕果,只能任其掉落,腐烂掉,化作滋养果树的肥料。到现在,课文的其他内容几乎全忘了,包括题目,就记住这一点,可见当时对一个很难吃到一只苹果的少年人产生的诱惑与向往。当时就想,要是能生活在那里该多好啊。所以当读到《苹果与女人》这个书名的时候,就有一种莫名的亲和。而"苹果"又加上"女人"的组合,顿时又把笔者从对曾经微不足道的梦想的回味中,一下子拔高到云山雾海伊甸园的高度去了——偷食禁果的夏娃,一个无比奇幻、无限诱惑地永生于神性界域的浪漫主义文学镜像,冒出来了;顺着思路,还想到那只引起纠纷并最终导致特洛伊战争的金苹果,虽然是黄金打造,却已经感受不到生气与美好了。

现在,植物学家研究表明,出现在古代文人诗家作品当中的"紫柰""素柰",就是指苹果。但是明确以"苹果"称谓融入我国本土文化的信息，应该是指源自欧洲的经过无数次改良过的苹果概念了。在我们河东地域，以物品寓意美好愿望的民俗讲究非常多，比如在新婚嫁妆的被子四角缝入干枣、花生、桂圆和瓜子，寓意早生贵子；给老年人送石榴，寓意子孙满堂，而且梨子是不可以分食的，寓意永不分离……这其中当然也有苹果了，与名字谐音，寓意生活过得平安幸福。

或许，正是如上这些文学的文化的熏陶影响，结合引种自山东的日本红富士苹果成为作者家乡一大产业，而作者家里也经营着果树，切身的劳作体验，便利的生活观察，终将苹果这一生计经济作物，转化升华成为笔下一种寓意生活的文学镜像。读到作者种种钟情于苹果的观察和描述，觉得苹果就像是他眼中的女儿家，既含辛茹苦又充满长大成人之期待：

> 从果树开花的那一天起，像护理孩子一样精心务弄。花谢时，苹果只有黄豆那么大，带着浑身的茸毛，像小宝宝般憨态可掬，夏天，她长大了，藏在绿叶间，像个漂亮的小丫头般顽皮地咯咯笑，到现在我仿佛还能听到那天真烂漫的笑声。秋天，她终于长成了大姑娘，红扑扑的脸上，是一副娇涩的神情。夜晚，潮湿的地气，会让她带上露珠，太阳出来了，她圆圆的脸上水灵灵的，又现出另一种娇艳。就这样，苹果成熟了，就像女孩到了该出嫁的年龄。

所以说，作者笔下的苹果，就像那飘落凡间的七仙女，充满灵气。尤其当天凉入秋的时候："一个个苹果如同进入了青春期，渐渐丰满起来，挂上了一片片红晕，现出娇羞态，隐在绿叶后，半掩芳容，似情窦初开的少女般，腼腆矜持，又情不自禁。"（《漂亮苹果》）而在晚霞中的苹果，又是别样一种风韵："满园的苹果都若淑女般，娴静优雅地排列在树枝上，在绿叶间熠熠生辉。"（《做一只苹果》）而且在作家眼中，苹果竟然"是一种有个性的水果，带着高冷的气质"。那么这高冷气质的尤物，又是怎样一种滋味呢？且看作者在《苹果的滋味》当中如品美酒般的用心感知：

  清晨，晨露未消，苹果光鲜润泽的肌体上露珠晶莹，摘一只入口，先有一种含英咀华的感觉，仿佛天地之气都纳入口中。伴着咬嚼声，苹果的滋味更加甘美，带着田野的味道。
  ……见妻子吃得惬意，也放一块入口，苹果特有的滋味先在舌尖上停留，感动了味蕾，渐渐氤向口腔，香甜中略带酸味，味道竟那么绵长，小口吃下去，有一种心灵的愉悦。

二

好看好吃吧，读得眼馋肚饥、口水翻涌了吧？是不是还想用视觉继续品尝下去？即使读者被这忘忧果诱惑忘我了，作者可没有忘，他还要写女人呢！毕竟，黄土高坡上的苹果，终究成不了塞尚笔下的模特儿，也成不了女儿笔下那只洋溢着满足感的苹果，而只能是浸透着黄河泥腥味道与四季风情的黄土高坡上的女人们。

如果说西方文化赋予苹果与女人的是神性，那么韩振远赋予的，则是反映一方水土上为生存而喜怒苦乐者的乡民们的世俗性，和隐现其中的坚韧达观的生活态度。正是这充满烟火气息的世俗性，聚集成了这本散文集所承载的独特意蕴内涵：五味杂陈，一言难尽，又难以一读了之。很像是握在手心里的一只品相姣好、香气四溢的苹果，不可像猪八戒吃人参果那样囫囵吞枣，而应该细嚼慢咽，用心品味。诚如他自己对文中苹果寓意的诠释："苹果是个隐喻，是现实的乡村生活，也是社会变迁的象征，在这种变迁中，乡村女性经历着幸福而又痛苦的阵痛，有生命的呼唤，也有生活的呢喃，有对社会的迷茫，也有对文明的追求，读完本书，会有多种乡村女性形象出现在眼前。"

这话还真被他说着了。因为打开作品集，充满期待地读到的，只是一个个、一群群匍匐在黄土地上的女人们，她们艰辛觅食，顽强求生，踏踏实实追求着各自的富裕梦想。你瞧，有天真烂漫还未谙人间愁苦滋味的十六岁少女秀秀，她本该像哥哥一样在学校念书的年纪，一脸凄苦的母亲却托主家给孩儿找人家，只为摆脱大山里的贫困。这也是一种不愿屈服命运、寻求改变孩子人生的态度，虽然被动，仍然是不放弃啊！（《树上的女孩》）还有那个只闻其声果花如云不知处的赵家女儿的天籁歌喉——"前面的花间传来欢快清脆的歌声，嫩嫩的，若春芽初绽，又无拘无束，悠扬婉转。"（《少女歌唱》）而跟着山东小伙私奔的东北女人，面对在城乡之间居无定所、靠打零工维持生计的达观态度，也非常感染人：人活着，就得想开点，要不，像我们这样整天没着没落的，还不得愁死。（《东北女人和她的山东丈夫》）还有"聪慧，活泼，话多，叽叽喳喳""风风火火，眉目之间带着一股野性，一出口说话，就让人感到口无遮拦"的"马氏女"（《马氏女》），还有作者写在眼科医院遇到的桃枝与二婚丈夫恩怨故事的《我那挨刀货》，还有"干活不惜力气，不惜身子，像使牲口一样使自己"的恨活女人的《我这人恨活》，还有一辈子只会瞪着眼睛找别人讨主意、"一生也没有走出的童年期"的老母亲（《你的童年怎么这么长》）……

这些人物故事，经作者那样一诠释，既升华了苹果承载的寻常寓意，也从社会学角度，升华了这群乡村女人于时代进步当中所拥有的无可替代的价值与意义，也展现出作者沉潜生活、信手拈来、取比贴切，化文辞风采无形于泥土气息之中的能耐，用一个时尚的概念形容，很接地气。

三

书名往往是一本书的眼睛，犹如被比作心灵窗户的人的眼睛那样，让读者跟着它去揣度猜想书的内容。虽然明知道几个字的题目，往往并不能囊括一本作品集的全部，更应该取义，但往往还是会下意识地跑偏。这不，当从写女人的篇目里冒出男人来，比如跟东北女人一起来的山东小丈夫，跟女人一起来的陕西乡镇干部老贾，就有些不适；等后面再冒出完全写男人们的篇什，诸如《风雪打工汉》《夜还不够深》，便因同样的精彩好读而忘了没有女人出现的茬儿。

也是，在这个新旧时代更迭嬗变当中经历感知阵痛、呢喃、迷茫与追求的，又何止女性？张贤亮早就以《男人的一半是女人》为题写过小说，西方神话传说里，夏娃不就是亚当的一根肋骨分化而成的吗，足见男女之间不可区分的密切关联。所以作者虽说是以女人做了招牌，其实也正是对另一半的男人们的折射，或者就是对男权社会倒影般的呈现。

笔者常说，成熟的作家就是思想家，只是比思想家多了一套本领，会通过文学的语言，借助笔下的人物故事，潜移默化地传达自己的思想。韩振远自然属于这样的作家了，他的每一篇作品，无不是被生活当中的人和事触动思考后的传达之作。我曾经给他的散文集《家在黄河边》写过一篇题为《不动声色动人心》的评论，指出他的散文作品，基本上属于故事叙述呈现的特色，把自己的情感寄托在所塑造的人物身上，让自己躲在故事的后面，让读者通过故事里的人物命运，去感受作者自己的情感倾向，所思所想，包括那根看不见的鞭子所想要鞭挞的。阅读这本散文集，觉得这样的沉稳从容，不动声色的特点，依然故我，甚至更为深沉。比如《城墙上的女孩》一篇最后结尾的情景再现：

城墙下，抹屋顶的女人直起身朝下边望，院子里，一个红色的身影一闪，随即传来一声喊：妈——稚气的声音里充满着兴奋，接着，女孩攀着梯子爬上了屋檐，几件东西被举到了半空，亮晃晃地在阳光下闪耀。正是我们刚刚放下的矿泉水瓶。

这其中，一定有作者情绪的泄露与渲染，因为孩子一路怯怯跟随等待他们喝完水丢弃矿泉水瓶的期盼眼神，深深蜇疼了他的心，你能读出来吗？但是，也有不经意间吐露出来的那么两句，却如同一声声犀利刺耳的鞭响。比如《风雪打工汉》最后对打工汉子们感激之情的反思：

原以为汉子们感激的只是我那里几双鞋，现在，一下子明白了老郑为什么会那么动感情，心里便一阵酸楚。这些看起来强壮的汉子，竟如此容易被感动，他们自己冒着纷飞的大雪，受了比平时多得多的罪，仍然挣与平时一样多的工钱，却要感谢别人，别人不经意间所做的一件小事，竟会被他们看作福祉，感激再三。我周围也有许多这样的乡亲。过后的许多天，我都一直在想，这到底是善良，还是软弱，抑或是因为愚昧。

笔者还由不得又想起《艳装苹果》篇中，作者在城市超市里面对被装扮起来的苹果的惆怅与不适心境，和面对超市里的那位身上仍然显露着乡村纯朴气息、显出苹果一样青涩的女服务员，生发出来的包含几多无奈的联想、感叹：

> 我望着这位穿着制服，挂着胸牌的女孩想，她也许和苹果一样，刚刚从乡下来到城里，不同的是，苹果改变了模样，她身上还隐隐现出乡村女孩的清纯。也许过不了多久，她也会像这些苹果一样，湮没在都市的繁华之中。

猛然觉得，傅作义故居门口拿着小炭铣的童蒙女孩，与男孩一起放学回家的女孩，古堡农家小院里遇到的眼睛春水般澄澈的女孩，旧广武城内那个怯怯尾随着等着捡拾作者一行手中的矿泉水瓶的小女孩，三个结伴去打工的兰花、小红和小月，还有那个摇着拨浪鼓陪着妈妈一起收废品的两岁孩童……不都是一颗颗待熟的苹果，仰着清纯无邪的脸庞，或饱满或饥渴？她们都处于不同的成长阶段，都有着无法选择的生存环境，也注定将会有着各不相同的人生走向——是像那个在苹果树上欢快跳动的女孩，或进城当理发员了，或进超市当服务员了，抑或是结伴进北京城当保姆了，还是像作者的女儿，上完大学，在大城市努力寻找能安顿自己人生理想的职业？

诚如作者感慨的那样，这些苹果，不只是待在树上，还会被采摘下来，分类包装，长途运输进城市，被浓妆艳抹妆扮进超市柜台，等待客户赐予的归宿。而苹果样的女人们，自从出生以来，就要在她们命中注定的那棵苹果树一样的家庭里长大，然后选择打工，或上学，然后再面对以男人为相同归宿的婚恋和出嫁，以及之后的生儿育女，由大妈完成向老年的过渡……所以读及每一位与作者相遇有所交集的女孩子，最后，都会像古堡里那个"依然站在门口朝这边望"的女孩子一样，留给读者一种莫名的惆怅。

四

当笔者领受了这个任务,明确了作品的主体受众是中学生的时候,竟然没有了以往预备评论的从容自如,迟迟难以落笔。

因为相对于以往只侧重于作者与作品的了解与研读,而忽略并不确定的读者心态,这次几乎每读及一篇作品,每相遇一个人物形象,都会下意识地揣度推想着,当不同年龄段、不同家庭条件但都可以安然坐在教室里享受读书时光的少男少女们,读到书中这一个个有着相仿的年龄但却没有一样的读书生活条件的同龄人,或者更为幼小孩童的生存困境,都会有怎样的反应?同情,怜悯,想结对子施以援手,抑或是陌生,木然,觉得与自己何干?再或者,其中有条件相类似的同学,会感同身受,潸然泪下?或许吧,这样的底层孩童不尽相同但一定是不尽如人意的贫苦命运的汇集,会成为对我们学校教书育人成效的一个小小的检测,看看孩子们心田上可否栽种、破土、舒展出爱的幼苗。

笔者还想到,针对我们今天的中学生而言,不断向城镇集中的教育资源,也让乡村的学龄儿童、少年向城镇汇集,被挑战和式微的农耕文明,已经不再是我们日趋工业化、商业化社会生活的主流,那些曾经维系、规范、主导我们这个农业大国文化生态的文化理念、风俗习惯的活态的或物态的文明形式,除了乡村环境,已经逐渐陌生于城市人群。那么我们现在的中学生,去哪里了解这些偏远角落化、碎片遗产化、废墟湮灭化的农耕文化生态标本呢?韩振远这部作品集后半部分作品内容,就不啻一本帮助我们了解重温农耕时代家族关系、乡村民俗、血脉情缘的风俗话本。

通过《娘家人》一篇,我们可以窥见乡村家族的构成元素——婆家与娘家对一个家庭生活绵长而重要的牵带和影响力；通过《小媳妇》，我们会通过一个家庭最基本也是最重要的婆媳之间关系的微妙变化，感知乡村家庭多年媳妇熬成婆那不无心酸的故事；一篇《全乎人》，连带出来婚嫁迎娶当中的诸多讲究，想知道哪些人兴奋，哪些人伤感，还有哪些人尴尬吗？现在看来并非什么非牢不可破、不敢逾越的雷池样的身份标记，让多少女人嘚瑟骄傲，又折磨、摧残、扼杀过多少女性的自信心智；而《女人天胆》篇，作者通过古往今来史载风闻的例子，通过女性面临生育鬼门关的无悔与天胆，得出"说女性伟大，不如说母亲伟大，被母爱激励出的能量让她们有着无与伦比的胆量，有了这种胆量，无论出现任何情况她们都无所畏惧"。

作者把人物置于当下生活的情境当中，又通过人物家庭背景、家族血脉的来龙去脉，打开了叙事的时空空间，可以外延，可以回溯，文化气息，便会在家族的、民俗的、历史的故事叙述当中氤氲开来，一个个卑微形象遮掩下的不为人知、或大或小的命运波澜，也在不经意间被揭示、丰满、活现了出来。

相比之下，作者对一组由过往民族历史文化积淀而成的代表性符号——从《红盖头》《刺绣》《绣楼》到《门楼》《碑楼》《牌楼》《护家楼》的寻访与探究，通过对它们的功用与故事的追溯，虽说少有贯穿始终的主要人物形象，却通过对描述对象的辨析、感知，让我们从中感觉、再现出曾经真实存在过的影影绰绰的生命故事。比如《绣楼》篇中，作者写到的一个个逼窄狭小的破旧绣楼，并不知道都有哪些官家商人的女儿们独守过。但是当他面对了清代朝官陈廷敬相府深处那座低矮寡味的绣楼，介绍到那位曾经两度深居、独守孤灯、郁郁而终的女儿陈静渊，笔者眼前便会浮现出一幕幕古代女子在并无诗意的绣楼里冷清孤寂地苦熬日月的闺阁生活情形。

五

　　本来，还应该辟出一块，专门说说作者富有特色的艺术表达，像情景交融、主客观互动式的景物描写，像通过生活化的鲜活对话塑造刻画人物性格，再比如通过对眼前具有文物价值的久远器物、织物、建筑的记述、描述、考辨，让与之相关的过往人物浮现出来，如梦似幻又真切可感……但是得知每一篇作品，都还会安排教师撰写专门的赏析文章，也就不多此一举啦。

　　由于近年研读唐代诗论家司空图的《二十四诗品》，很推崇"以诗论诗"的传统文学评论特色，融理性论述于感性具象的表达当中，本身就具有吸引人的可读性。现在又考虑到是写给中学生们读的，所以就更想往这方面靠，所以也不知道是评论的效果，还是导读的效果了，但确定是有感而发，言为心声。

　　反正自己是被作者俏皮的书名忽悠到云端上去了，所以只能随着作者的笔触所向，以神性的俯瞰姿态，关注这活现在字里行间的芸芸众生的日常甘苦。我不知道这是不是作者的预谋，借以激活每一位读者心中都应该驻留着的良知这一神性的温情？至少，作为他的同道，笔者坚持以为，真正的作家所怀抱的仁者爱人、泛爱众生的赤子情怀，啄木鸟一样雕琢护佑人性大树身心健康的责任担当，不就是神性光芒的柔情绽放吗？

　　更难能可贵的是，作者能以作家的敏锐与发现的眼光，把苹果这一曾经被欧洲文明赋予人类初始神性的喻体，重塑成属于我们北方黄土高坡当代乡民众生相的隐喻。

　　记得特别看中小说作品对"一国之民"思想精神改造作用的梁启超先生，他当年不但提出了"欲新一国之民，不可不先新一国之小说"的非凡论见，还曾经总结出小说对读者产生审美影响的四种具体途径，即"熏、浸、刺、提"。即使到了现在，笔者仍然觉得真正好的文学作品，无论什么体裁，都应该具有这样的潜移默化、润物细无声的熏染作用。而韩振远这本散文集，正是具有这等影响作用的佳作。

> 李云峰，中国作协会员。运城文学院院长，《河东文学》主编，副编审职称。山西省作协主席团委员，运城市作协主席。文艺评论和文化散文为主攻方向，已有百余万字作品见诸文学报刊，出版有文化散文专著《石刻的历史》《访芮记胜》和文学传记作品《司空图传》。文艺评论曾多次获得山西省文联文艺评论奖，并收录进相关获奖文集。2016年荣获2013—2015年度赵树理文学奖优秀编辑奖。